ブックレット〈書物をひらく〉17

歌枕の聖地
和歌の浦と玉津島

山本啓介

平凡社

歌枕の聖地――和歌の浦と玉津島［目次］

はじめに

1　旅のガイドブック――『紀伊国名所図会』

旅行する際に、スマートフォンで事足りるという人も多くなったかもしれないが、たいていの人は旅のガイドブックを見るのではないだろうか。出発前にガイドブックを眺めながら、交通手段や名所、あるいは美味《おい》しい店などをチェックして計画を立て、まだ見ぬ風景に思いを馳《は》せる。これも旅の楽しみの一つであろう。こうしたガイドブックの類は現代に限らず、かなり昔から存在していた。『紀伊国名所図会《きいのくにめいしょずえ》』という書を開いてみよう（図1）。

江戸時代後期に刊行されたこの書には、現在の和歌山県の名所の数々が挙げられていて、その地にまつわる伝承や和歌、さらには巧みな絵も豊富に見ることができる。各地の名所旧跡の沿革を解説し、風景画を添えた「名所図会」は、安永九年（一七八〇）の『都名所図会《みやこめいしょずえ》』▲がはしりとされており、これが大ヒット作となった。続いて『東海道名所図会』▲『江戸名所図会』▲等々の、全国各所を扱った

▲『都名所図会』　安永九年（一七八〇）に京都の書肆《しょし》吉野屋為八より刊行。文は秋里籬島、絵は竹原春朝斎。六巻十一冊。

▲『東海道名所図会』　寛政九年（一七九七）刊。秋里籬島著。竹原春泉斎ほか画。六巻六冊。

▲『江戸名所図会』　文政十二年（一八二九）成立。斎藤幸雄・幸孝・幸成（月岑）の親子三代で完成。絵は長谷川雪旦・雪堤。七巻二十冊。

さまざまな名所図絵が盛んに刊行された。江戸時代における諸国名所巡《めぐ》りへの旺盛な関心の高まりがその背景にあった。

『紀伊国名所図会』は、こうした中で、和歌山藩御用書肆《しょし》の高市志友《たかいちしゆう》の編著、西村中和《にしむらちゅうわ》の画で第一編が文化八年（一八一一）に刊行された。その序文には、

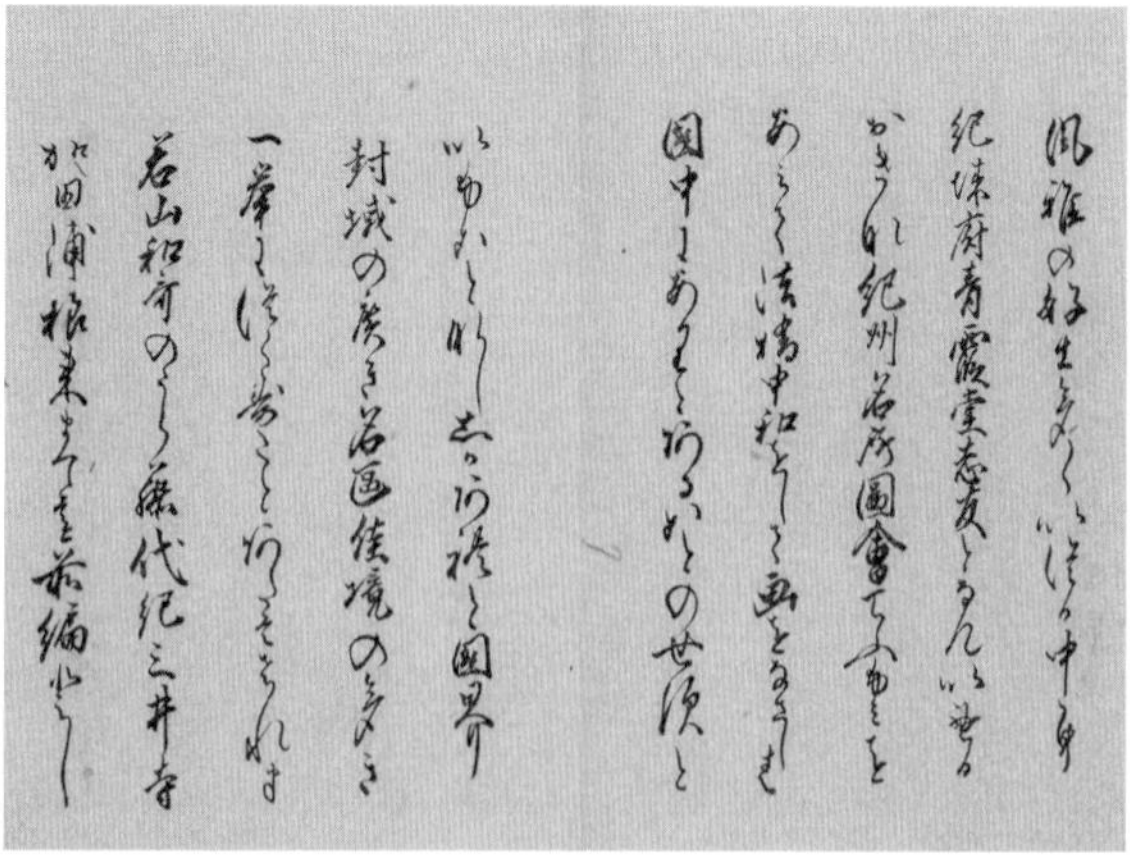

図1　『紀伊国名所図会』 表紙・序文

『紀伊国名所図会』は……　第二編は文化九年、第三編は天保九年（一八三八）、後編は嘉永四年（一八五一）、遅れて熊野編が昭和十二年（一九三七）に刊。

第一編の序文　文化六年（一八〇九）三月、芝山持豊の序。序文とは、冒頭に成立の由来や著述の趣旨を記した文章。著名人に依頼することも多く行われた。序文著者の持豊（一七四二―一八一五年）は公家で、本居宣長の学風を慕い、国学・和歌に通じた堂上歌人。文化十一年に権大納言に至った。

国中にありとあるほどのせずといふことなし。しかあれど国界封域の広き、名区佳境の多き、一挙につくすことあたはざれば、若山・和歌のうら・藤代・紀三井寺・加田浦・根来までを前編とし、日高・熊野・高野山などは後編にあらはすとなん

とあり、紀伊国は名所が豊富なため、前編・後編に分けて記す旨を述べている。さらに序文では「この文、世に行なはれなば、その国に行くものは眼涯の及ぶところ、うしろめたきことなく、行かざる者もをのづから知るに暗からず」と、紀伊国に行く者にとっての安心できるガイドであり、行けない者にとってもその土地を知ることができる書であると謳《うた》っている。さて、ここで同書は和歌山城周辺の中心地である「若山」の次に「和歌のうら」を挙げている。中心地「若山」を除けば、紀伊国で第一にあげる名所は和歌の浦だったということだろう。

本書ではこの『紀伊国名所図会』を一つの入り口として、多くの紙面が割かれた和歌の浦と、同地域に含まれる玉津島を中心に扱う。和歌の浦は現在の和歌山市南部の和歌浦湾北岸で、その一角に玉津島神社が鎮座している。

『紀伊国名所図会』の和歌の浦の項を見てみよう（図2）。はじめに簡単な説明を述べ、『万葉集』や▲勅撰和歌集を中心に和歌の浦を詠んだ歌を載せている。そ

勅撰和歌集　天皇の勅令、あるいは上皇の院宣によって編纂された和歌集。平安時代の『古今和歌集』を初めとして室町時代の『新続古今和歌集』まで、二十一集が撰ばれた。各時代を象徴する最も権威のある和歌集。

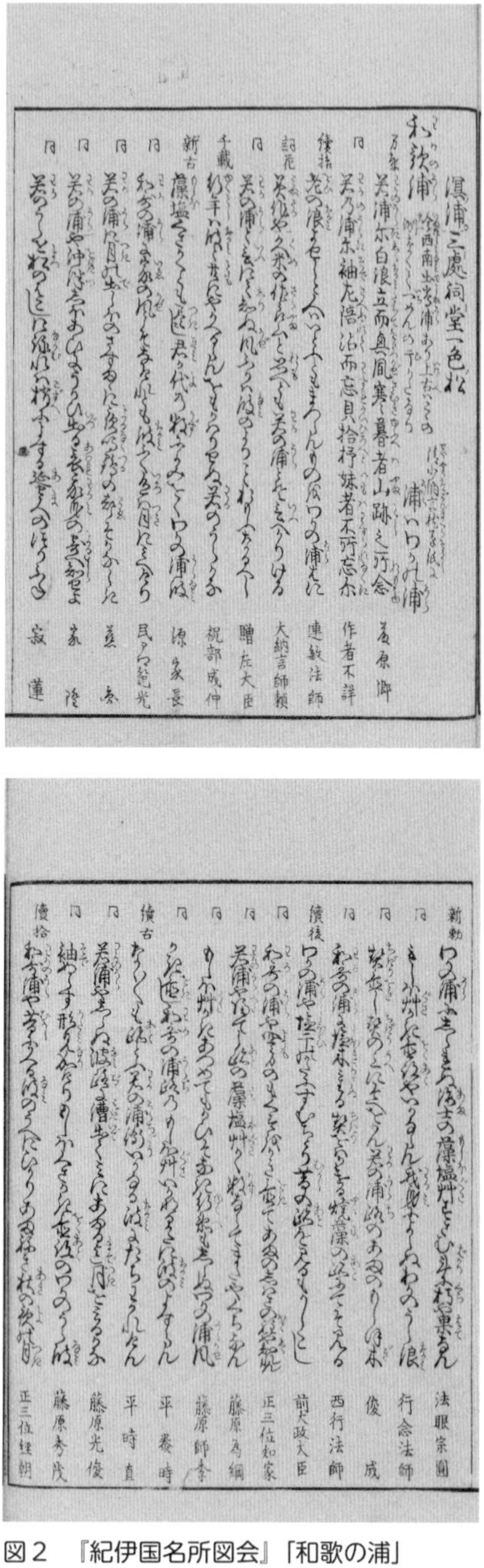

図２　『紀伊国名所図会』「和歌の浦」

和詩　律詩などの漢詩の形式に倣って和文で綴られた詩。

の数は約六丁（十二頁）にわたり、計百三十八首と大量なものである。さらにその後に和製漢詩・狂歌・発句・和詩▲、さらには散文なども載せており、和歌の浦に関わる文学を集成した感がある。玉津島の項も同様に多くの和歌などが載せられている。

和歌の浦と玉津島に関わる文学を豊富に知ることができるので、手にした者は、これらを思い浮かべながら、実際に旅をしたり、あるいは旅した気分を味わったりしたことだろう。現代の旅行ガイドブックは、どちらかというとグルメの記事が多くの紙面を占めている。たしかにそれも楽しいのだが、その地に関する歴史や文学作品に触れているものは希少となってしまった。それが残念に思われる。

2 題詠と歌枕

話は少しそれたが、『紀伊国名所図会』にも収められているように、和歌の浦・玉津島について、非常に多くの和歌が詠まれた。それらは本編で述べることとしたいが、まずここで述べておきたいのは、これらの和歌は、和歌の浦を詠んだものではあるが、そのほとんどが和歌の浦で詠んだものではないということである。文学研究者にとっては周知のことと思われるが、一般には誤解されることが少なくないので、ここで述べておきたい。

平安時代後半あたりから、和歌は歌合や歌会において、与えられた「題」に即して詠むことが盛んになった。これを「題詠」という。例えば「雪」の題が出されると、仮に真夏であっても、思いをめぐらせて雪景色を詠み、恋が禁じられた僧侶であっても「初恋《はじめのこひ》」の題が出されると、恋の始まりの心を詠んでいた。さらには「旅」の題の場合には都から一歩も出たことがない貴族が、見たこともない白河の関や姨捨山《おばすてやま》などを、さもそこを訪れたかのような心になって詠んでいたのである。もちろん歌人たちは日常生活での実体験を即興で詠むこともあった。しかし、現在知られている古典和歌の大半は、題詠で詠まれたものであったと言ってよい。

『紀伊国名所図会』に載っている和歌も、都の貴族たちが題詠で詠んだものが大部分を占めている。彼らのなかには、和歌の浦を訪れたこともなく、当然その景色を見たこともない者も少なくなかったのである。

このように和歌の中で観念化された土地を「歌枕《うたまくら》」と呼ぶ。「歌枕」は、古くは歌によく詠まれる詞、すなわち「歌語」（歌ことば）を指すものであったが、平安後期頃には、そのなかでも歌によく詠まれる特定の地名を指すようになっていった。先に挙げた白河の関や姨捨山、本書で取り上げる和歌の浦・玉津島などはその代表である。

本書では和歌の浦と玉津島を中心とし、適宜その近くの吹上浜《ふきあげ》などについても扱う。私が思うに、和歌の浦・玉津島の重要な点として、次の三点が挙げられる。一点目は、『万葉集』の時代から和歌に詠まれ、その後も詠みつづけられたことである。歌枕のなかには古代には詠まれたが、その後が続かずに、現在では所在地不明となってしまった場所も少なくない。和歌の浦・玉津島は長い時代にわたって人々に一定の、あるいはそれ以上の関心が持たれた場所ということである。二点目は、都から比較的近く、訪れようとすれば実際にその景観を見ることも不

数寄者　風流人。和歌に執心する者。

可能ではなかった点である。歌枕は全国各所にあるが、白河の関や松島などのように、遥かな旅路の果てにある、よほどの数寄者《すきしゃ》▲でなければ訪れない、というほど遠い場所ではない。その目で見た景観を踏まえて詠むことができるはずの歌枕であったということである。最後の三点目は、和歌の浦・玉津島は時代とともに単なる歌枕ではなく、和歌の道すなわち「歌道」の象徴として詠まれるようになってゆく。和歌を詠む上で特殊な意味性を持つ歌枕となっていった点にも特徴がある。

和歌の浦と玉津島にまつわる各時代の歴史と文学についての研究は近年特に充実しつつある。以下に述べることもそれらによるところが大きいのだが、本書の性格上いちいちを取り上げることは省略する。詳しくは本書末の参考文献を参照されたい。ただし、『紀伊国名所図会』に採られた和歌の大部分を占める中世の和歌における和歌の浦と玉津島については、これまでさほど注目されてこなかった。近世そして近現代へと繋がる中世における和歌の浦・玉津島を特に中心に考えたい。それを通じて、歌枕とは何だったのか、その一つのあり方を考えることも本書のひそかな目的である。

以下、本書では、和歌の浦・玉津島について、『万葉集』から『紀伊国名所図会』が編まれるまでのおよそ千年間を、時代を追って眺めてゆくこととしたい。

一 上代の和歌の浦・玉津島

1 「わかの浦」の始まり――『万葉集』の「若の浦」

上代における和歌の浦と玉津島については既に豊富な研究があり、筆者が今さら新たに加えることはほとんどないのだが、前提として簡潔にまとめておきたい。

和歌の浦と玉津島が文学作品に初めてあらわれるのは『万葉集』からである。『万葉集』巻六には、

神亀元年甲子の冬十月五日、紀伊国に幸せる時に、山部宿禰《すくね》赤人が作る歌一首併せて短歌

やすみしし　わご大君の　常宮《とこみや》と　仕へ奉《まつ》れる　雑賀野《さひかの》ゆ　そがひに見ゆる

沖つ島　清き渚に　風吹けば　白波騒ぎ　潮干《ふ》れば　玉藻刈りつつ　神代より　然《しか》そ貴き　玉津島山

（九一七）

沖つ島荒磯の玉藻潮干満ちい隠《かく》り行かば思ほえむかも　（九一八）

若の浦に潮満ち来れば潟《かた》をなみ葦辺をさして鶴《たづ》鳴き渡る　（九一九）

右、年月を記さず。ただし、玉津島に従駕すと偁《い》ふ。因《よ》りて今行幸の年月を検し注して載せたり。

と、神亀元年（七二四）に聖武天皇が紀伊国に行幸《ぎょうこう》した際の山部赤人の長歌一首・反歌二首が収められている。長歌の中に「玉津島山」が、反歌の二首目に「若の浦」が詠まれている。この「若の浦」を詠んだ一首は、多くの学校教科書にも載せられており、我々にもなじみ深いものであろう。和歌の浦に潮が満ちてくると干潟がなくなって、鶴が芦の茂るあたりを目指して鳴きながら飛んで行くというもので、遠浅の干潟に潮が満ちる青の大自然、飛び行く鶴の白色の動き、芦辺の緑という色彩の対比や、潮音や鶴の鳴き声といった聴覚的表現が一首の中に調和した、傑作と評すべきものである。さて、この歌の『万葉集』原本の表記を見ると、「若浦尓　塩満来者　滷乎無美　葦辺乎指天　多頭鳴渡」であり、「和歌の浦」ではなく「若浦」と記されている（図3－1・2）。

赤人がこれらの歌を作したのは、『続日本紀《しょくにほんぎ》』（原漢文）神亀元年（七二四）十月

聖武天皇　七〇一―七五六年。第四十五代天皇。文武天皇の子。在位七二四―七四九年。

山部赤人　生没年未詳。奈良時代の万葉歌人。後代には柿本人麻呂と並び「歌聖」と称された。

『万葉集』原本の表記　『万葉集』の時代には仮名文字はまだ成立しておらず、すべて漢字をあてて表記されたものであった。いわゆる万葉仮名である。なお、掲載画像の右傍の訓みは後代に補足されたものである。

図3－1　国文学研究資料館蔵本。「書写本云／応長元年十月廿五日［……］桑門寂印在判」の奥書を有する。

『続日本紀』　平安初期の国史。六国史の第二。光仁天皇の命により石川名足・淡海三船らが撰集を開始し、藤原継縄・菅野真道らが事業を継承して、延暦十六年（七九七）奏上された。

に見える聖武天皇の紀伊国行幸の際のことであった。同書によれば、一行は五日に平城京を発し、七日に紀伊国那《な》賀《か》郡《ぐん》の「玉垣勾頓宮《たまがきのまがりのかりみや》」▲に着き、八日に「海部《あま》郡玉津嶋頓宮《かりみや》に至りて、留まりたまふこと十有余日」と、玉津嶋に「頓宮」（仮の宮殿）を建てて滞在した。十六日には、

玉垣勾頓宮　和歌山県那賀郡粉川町井田の玉垣庵が遺称地。

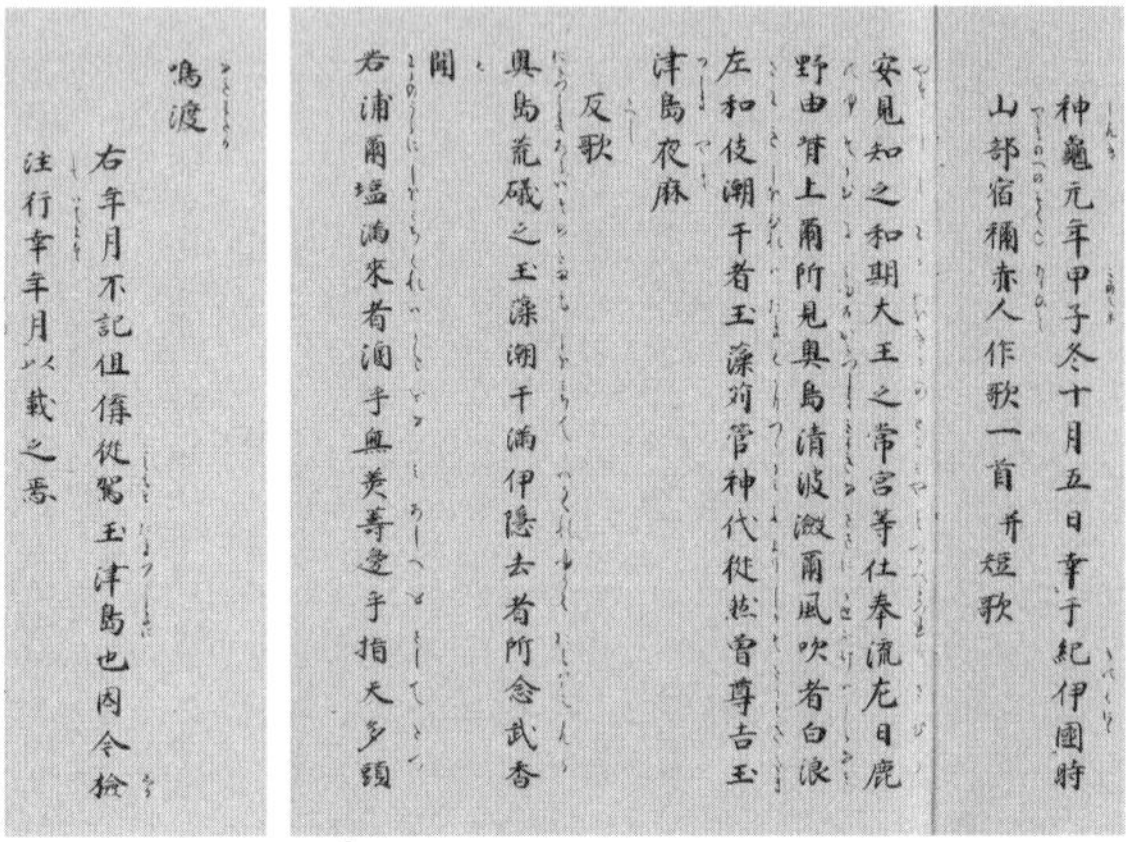

神龜元年甲子冬十月五日幸于紀伊國時
山部宿禰赤人作歌一首并短歌
安見知之和期大王之常宮等仕奉流左日鹿
野由背上爾所見奥島清波瀲爾風吹者白浪
左和伎潮干者玉藻苅管神代從然曽尊吉玉
津島夜麻
反歌
奥島荒礒之玉藻潮干滿伊隠去者所念武香
聞
若浦爾塩滿來者潟乎無美葦邊乎指天多頭
鳴渡
右年月不記但偁從駕玉津島也因今檢
注行幸年月以載之焉

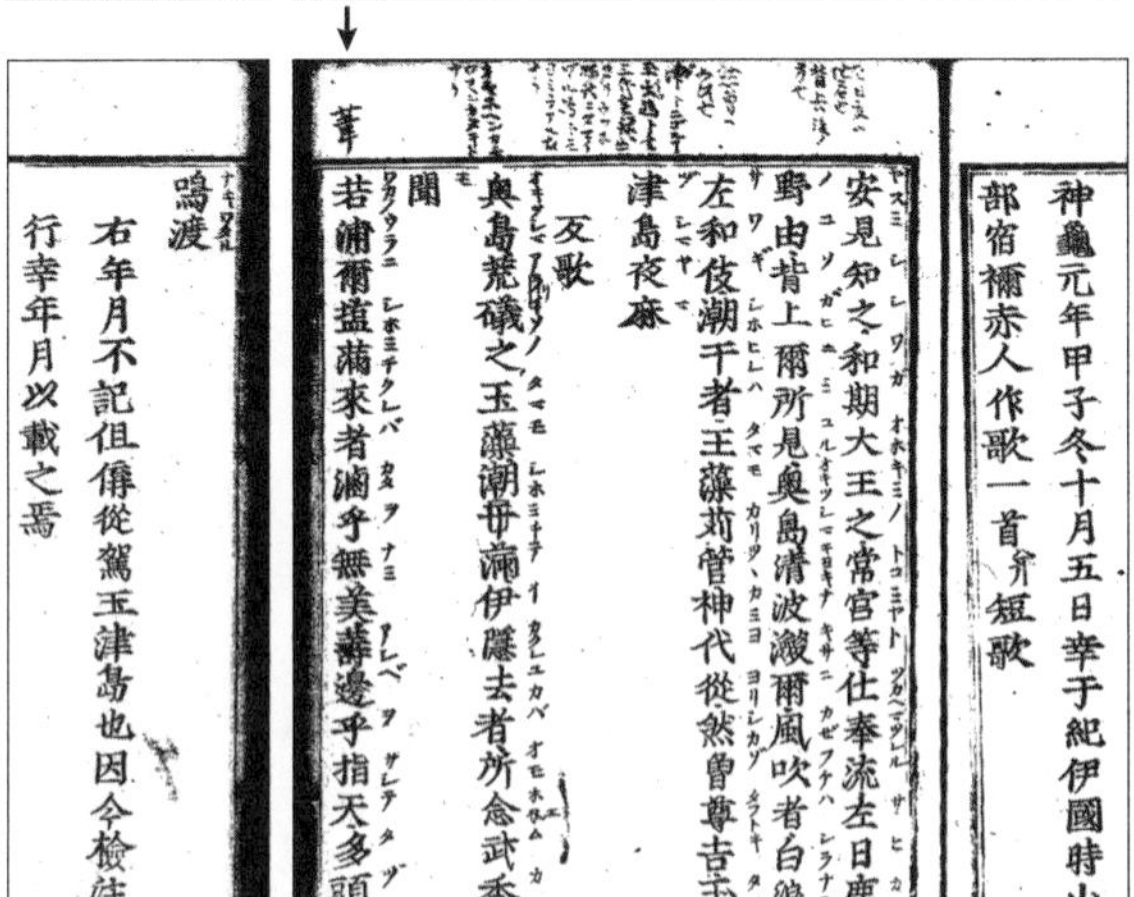

神龜元年甲子冬十月五日幸于紀伊國時山
部宿禰赤人作歌一首并短歌
安見知之和期大王之常宮等仕奉流左日鹿
野由背上爾所見奥島清波瀲爾風吹者白浪
左和伎潮干者玉藻苅管神代從然曽尊吉玉
津島夜麻
反歌
奥島荒礒之玉藻潮干滿伊隠去者所念武香
聞
若浦爾塩滿來者潟乎無美葦邊乎指天多頭
鳴渡
右年月不記但偁從駕玉津島也因令檢注
行幸年月以載之焉

上：図3－1　『万葉集』巻六　写本
下：図3－2　『万葉集』巻六　寛永20年（1643）刊本

詔《みことのり》して曰《のたま》はく、「山に登り海を望むに、此間《ここ》最も好し。遠行を労《いたは》らずして、遊覧するに足れり。故に弱浜《わかのうら》の名を改めて、明光浦《あかのうら》とす。守戸《しゆこ》を置きて荒穢《くわうわい》せしむること勿《な》かるべし。春秋二時に、官人を差し遣して、玉津嶋の神、明光浦の霊《みたま》を奠祭《でんさい》せしめよ」とのたまふ。

と、聖武天皇がこの地を褒め称え、それまで「弱浜」とされていた地名を「明光浦」に改め、春と秋には「玉津嶋の神」と「明光浦の霊」を祭るように詔したという。▲玉津島の神は、時代が下ると祭神が変化・定着してゆくが、ここに見える「玉津嶋の神」は、「明光浦の霊」と対句的に置かれていることからも、特定の神というよりは、漠然とこの土地の神といった程度の意味であったと解される。

2　赤人が見た「若の浦」

さて、赤人が見た「若の浦」（以下、本章では「若の浦」で統一する）はどのような景観であったのかを考えておきたい。かつての「若の浦」の姿と現代との相異については以下のような指摘がある。沢瀉《おもだか》久孝は「今は和歌山市街地から電車の通じてゐる地つゞきであるが、もとは海中の沖の島であり、今玉津島神社の後の

聖武天皇が……　当該記事に関して、村瀬憲夫・三木雅博・金田圭弘『和歌の浦の誕生――古典文学と玉津島社』（清文堂出版、二〇一六年）第一部第二章「聖武天皇の詔の表現と漢籍」は、「明光」が単なる明るい光の意ではなく、古代中国で用いられた神話上の仙境としての名づけであると論じている。また同第三章「若の浦に潮満ち来れば――弱浜から若の浦へ」では聖武天皇の詔では「弱浜」「明光浦」とあるものが、赤人歌では「若の浦」とされたことについて「若」は「この地が若々しい土地であり、将来の弥栄を約束する土地であることを予祝する」ものであったと述べている。

山を奠供《てんぐ》山と云つてゐるが、そのあたりもとは五つの島を成してゐたと思はれ、それらの島々を沖つ島と云つたものだと私は考へる」と述べており、北山茂夫は、日下雅義の地質調査の論考も踏まえて、紀ノ川本流が和歌浦湾に流入していたことに加えて、「玉津島山」が海中に浮かんでいたものと推定し、「「玉津島山」の後背に、浦湾とともに紀ノ川の河口のひろがりがある」と結論を述べている。日下雅義はその後、地層調査に加えて前掲の赤人歌も勘案した結果、「付近一帯には潮の干満によってみえかくれするタイダル・フラット（陰顕泥地）が広くひろがり、玉津島（沖つ嶋）は満潮時には完全に陸地から分離される児島をなしていた」と述べている。日下雅義作成による当時の地形の復元想像地図を参考に載せておく（図4）。以上によると、紀ノ川が大きく南に曲がり、和歌浦から海へ流れ出る。そして、その河口には満潮時に島々となる玉津島があった、ということになる。

次に、この歌が詠まれた状況についても考えておきたい。聖武天皇の行幸の政治的な意味については、宗教・経済・交通などから考察した栄原永遠男の論考があるが、本書では、歌に詠んだ人々が若の浦をどのように見たのか、という点に絞って述べたい。こうした観点から、寺西貞弘は、

沢瀉久孝は……　『万葉集注釈　巻第六』（中央公論社、一九六〇年）。

日下雅義の地質調査　日下雅義『平野の地形環境』第二章「紀ノ川下流域平野に関する基礎的研究」（古今書院、一九七三年）。

北山茂夫は……　「神亀年代における宮廷詩人のあり方について――山部赤人、その玉津島讃歌の場合」（『文学』四五巻四号、一九七七年）。

日下雅義はその後……　「紀伊湊と吹上浜」（『和歌山の研究　第一巻　地質・考古篇』、清文堂出版、一九七九年）。

図4　日下雅義原図『和歌山市史』第一巻第二章第三節「地形の変化」（一九九一年）。同図は前掲日下「紀伊湊と吹上浜」にも所載。

栄原永遠男の論考　「和歌の浦と古代紀伊――木簡を手がかりとして」（薗田香融監修『和歌の浦　歴史と文学』、和泉書院、一九九三年）。

寺西貞弘は……　寺西貞弘『日本史の中の和歌の浦』（塙書房、二〇一五年）。

思えば、平城京は四方を山に囲まれており、天皇や宮廷貴族達は、海を見ることのない生活を送っているのである。場合によっては、海を見ることなく平城京で生涯を終える貴族もいたことだろう。それゆえに、彼らの海の見える風景へのあこがれは、想像以上のものであっただろう。

と述べている。これを念頭に置きつつ、赤人を含む聖武天皇一行の旅程を確認してみよう。

前掲の『続日本紀』の聖武天皇の行幸の際には、十月五日に平城京（奈良）を発し、七日には粉河《こかわ》と推定される地に到着し、翌八日に若の浦に着いている。その経路は明記されていないものの、平城京から奈良盆地を南に進み、そこからは紀ノ川沿いに若の浦に着いたと推定される。この記事を信じるならば、二日で移動しており、距離を勘案すると舟を使用して紀ノ川を下ったと思われる。参考までに、この四十一年後となる天平神護《てんぴょうじんご》元年（七六五）の称徳《しょうとく》天皇の紀伊行幸の記事が『続日本紀』にあるので、

粉河　和歌山県北部。紀ノ川中流域。

称徳天皇　七一八―七七〇年。第四十八代天皇。聖武天皇の皇女。

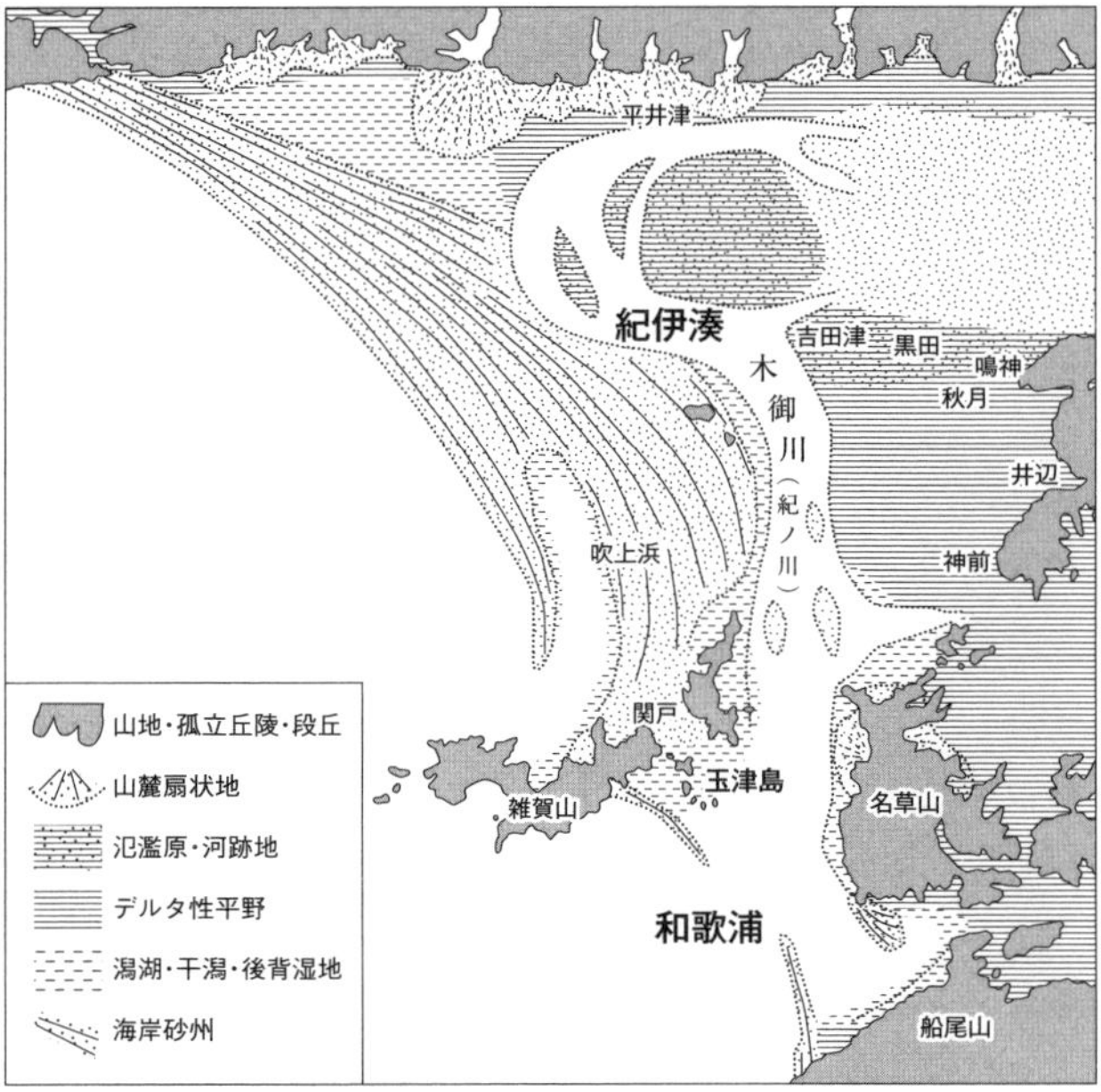

図４　奈良時代の若の浦　日下雅義「奈良時代の和歌の浦」（『和歌山市史』第一巻）より

これも見てみよう。こちらのほうがやや詳しく、十月十三日に平城京を出発し、同日に「大和国高市郡の小《を》治田宮《はりだのみや》」（奈良県高市郡明日香村雷）に到着、十四日に周辺各地を巡り、十五日に「宇智郡」（奈良県五條市）に着き、十六日に「紀伊国伊都郡」（和歌山県橋本市・伊都郡）、十七日に「那賀郡鎌垣行宮《かまかきのかりみや》」（和歌山県那賀郡粉河）を経て、十八日に玉津島に到着している。道中での遊覧も含んでいるが、現在の地名で言うならば、明日香・五條・橋本・粉河を通ったと推定されるので、奈良盆地を南に進み、川沿いに下ったものと見てよいだろう。おそらく先に見た聖武天皇の経路もこれに近いものだったと推測される。

前述したように、当時の若の浦は紀ノ川河口にそのまま繋がっていた。すなわち、山々に囲まれた奈良盆地を出発し、紀ノ川を下ってまず初めに目の前に開ける海が若の浦であったということになる。奈良の都に生まれ育った彼らにとっては、人生で初めて見る海であった、という者も少なくなかったはずである。若の浦は政治的に重要な土地▲とされているが、それだけではない、彼らの印象の上でも重要な土地であったのだろう。

『万葉集』にはこの他にも若の浦・玉津島を詠んだ作がある。若の浦を詠む二例を見ると、一首目は、

政治的に重要な土地　前掲栄原永遠男「和歌の浦と古代紀伊」。

若の浦に白波立ちて沖つ風寒き夕は大和し思ほゆ▲　（巻七・一二一九、藤原卿）

旅先の若の浦で夕暮れ時に抱く望郷の思いを詠んだものである。もう一首は、

若の浦に袖さへ濡れて忘れ貝▲拾へど妹は忘らえなくに
（巻一二・三一七五、作者未詳）

若の浦で袖を濡らしてまで忘れ貝を拾うけれども、愛《いと》おしい妻のことを忘れられない、というものである。二首ともに詠作事情に不明な点も多いが、若の浦の現地で、その景観と情趣を詠んだものと見てよいだろう。また、この二例ともに原本では「若」の字が用いられている。

玉津島を詠む作は他に四例がある。二首ほど見てみよう。まず、

玉津島よく見ていませあをによし奈良なる人の待ち問はばいかに
（巻七・一二一五、作者未詳）

は、玉津島をよく見ていらっしゃいませ、奈良の都の人がお帰りを待っていて玉

若の浦に……　作者の「藤原卿」には藤原房前《ふじわらのふささき》（六八一—七三七年）あるいは藤原麻呂《まろ》（六九五—七三七年）の二説があり、神亀元年（七二四）の紀伊国行幸の際の作と見る房前説が有力。歌意は、若の浦に白波が立って沖から吹く風が寒い夕暮れ時に、故郷である大和が懐かしく思われる、というもの。

忘れ貝　二枚貝の離れてしまった一片のことで、これを拾えばつらい思いを忘れられるという俗信があった。

津島の様子をお聞きになったらどのように答えますか、といった意。もう一首は「紀伊国にして作る歌四首」の題詞の歌群の一首で、左注に柿本人麻呂作とあるものである。

玉津島磯の浦廻《うらみ》の砂《まさご》にもにほひて行かな妹も触れけむ

（巻九・挽歌・一七九九、柿本人麻呂）

大宝元年（七〇一）九月から十月に文武天皇と持統太上天皇が「紀伊国武漏《むろ》の湯」に行幸した際の歌とされる。玉津島の磯の入り江の美しい砂に触れて染まってゆこう、かつて妻も触れたことだろうから、といった意で、亡妻を偲《しの》ぶ思いである。詠作事情不明のものもあるが、ひとまずいずれも現地詠と見てよい。

『万葉集』を中心に、奈良時代における若の浦・玉津島を見てきた。彼らは奈良盆地を発して紀ノ川沿いに下り、眼前に開ける若の浦を見た。その景観のなかには満潮時に点々と連なる島としての玉津島もあったと推定される。彼らが見た風景や、そこで抱いた印象は、現在の我々のものとは大きく異なっていたことであろう。

柿本人麻呂　生没年未詳。万葉歌人。天武、持統、文武の三代に活躍した。後代には歌聖とあがめられた。

文武天皇　六八三―七〇七年。第四十二代天皇。草壁皇子の子。

持統太上天皇　六四五―七〇二年。第四十一代天皇。天智天皇の子。天武天皇の皇后。六九七年に文武天皇に譲位し太上天皇となった。

武漏の湯　牟婁湯《むろのゆ》。古来の温泉地。現和歌山県西牟婁郡白浜町の湯崎温泉。

二▶平安期の和歌の浦・玉津島

1　和歌の浦・玉津島の変容

平安時代初期の延暦二十三年（八〇四）十月三日に桓武天皇が和泉国《いずみのくに》（現大阪府南部）へと進発し、さらに同月十一日に「紀伊国玉出島」にも行幸したことが『日本後紀』（原漢文）に見える。この「玉出島」は玉津島を指すものと見られる。十二日には天皇は舟で遊覧し、詔を発している。その詔には「御覧ずるに、磯嶋も奇麗《うるはし》く、海瀲《かいれん》も清晏《せいあん》にして」と風景を賞美したことが見える。ただし、記事には和歌の浦についての直接的な描写は見られず、この時の和歌の浦・玉津島の様相を詳しく知ることはできない。この後になると、天皇の行幸はほぼ畿内に限定されるものとなり、和歌の浦への行幸も途絶えることとなる。

ただし、『日本三代実録』によれば、陽成天皇の元慶五年（八八一）十月二十二日に「玉出嶋神」が従五位下を授かり、『日本紀略』によれば、醍醐天皇の延喜五年（九〇五）二月七日に「玉出嶋明神」が従五位上を授かっている。これらは

『日本後紀』　平安時代の歴史書。六国史の第三。承和七年（八四〇）成立。藤原緒嗣ら七人の編。

玉出島　玉津島を玉出島とする例は後掲の『宇津保物語』にも見える。

『日本三代実録』　平安時代の歴史書。六国史の第六。延喜元年（九〇一）成立。源能有、藤原時平、菅原道真らの撰。

陽成天皇　八六八―九四九年。第五十七代天皇。清和天皇の子。

『日本紀略』　平安後期の歴史書。編者・成立年次ともに未詳。

醍醐天皇　八八五―九三〇年。第六十代天皇。宇多天皇の子。紀貫之らに『古今和歌集』の撰集を下命した。

玉津島の神を指すと見てよいだろう。この頃には玉津島には神を祀る社があったものと推測される。

ここからは平安期の文学作品を中心に和歌の浦と玉津島を見ることにしよう。▲本章で特に注目したいことは、次の四点である。一点目は『万葉集』では「若の浦」と記されていたものが、「和歌の浦」となること。二点目は玉津島が和歌の神として意識されるようになってくること。三点目は天皇の行幸は途絶えたものの、貴族や僧が和歌の浦を訪れるようになること。四点目は、和歌の浦と玉津島を詠んだ和歌が増加してゆくこと、である。これらは独立した現象ではなく、相互に関係していると思われる。以上の変化を整理しつつ、その流れと理由を考えたい。また、冒頭に触れたように、この時代以降の和歌は題詠などの観念的な詠作が一般的になってゆく。分析にあたっては、現地で実際の景観を詠んだ歌（以下、これを「現地詠」とする）か、都などにいる歌人があくまで知識によって想像上で詠んだ歌（以下、「観念詠」）かに注意しながら述べてゆくこととする。

2　三代集の時代

まず平安期以降の和歌の浦・玉津島を考える上で重要なものが、『古今和歌

平安期の文学作品……　本章においては特に村瀬憲夫「平安文学の和歌の浦」（前掲『和歌の浦 歴史と文学』）、三木雅博「古今和歌集の和歌の浦」（前掲『和歌の浦の誕生』）を参考とした。

『古今和歌集』　最初の勅撰和歌集。醍醐天皇下命、撰者は紀貫之ら四名。延喜五年（九〇五）成立。最終的な完成は延喜十三年頃とされる。

集』の「仮名序」である。ここでは、

赤人といふ人ありけり、歌にあやしくたへなりけり、人麻呂は赤人が上に立たむことかたく、赤人は人麻呂が下に立たむことかたくなむありける。［中略］赤人、〈春の野にすみれ摘みにと来し我ぞ野をなつかしみ一夜寝にける〉、〈わかの浦にしほみちくればかたをなみ葦辺をさしてたづなきわたる〉この人人をおきて又すぐれたる人も［後略］

とあり、山部赤人が柿本人麻呂と並ぶ歌人として挙げられており、古注にあたる部分では、前章に見た「わかの浦に……」の歌が見える。古注の著者は不明であるが、藤原公任とする説がある。少なくともかなり早い時代から山部赤人の代表歌として「わかの浦に……」の歌が意識されていたと見てよいだろう。ただし、『古今和歌集』をはじめとして『後撰和歌集』『拾遺和歌集』の三代集と呼ばれる勅撰和歌集には、和歌の浦を詠んだ歌は一首も見出すことができない。

玉津島は『古今集』に、

わたの原よせくる波のしばしばも見まくのほしき玉津島かも（雑上・九一二）

仮名序　『古今和歌集』に備えられた仮名書きの序文。紀貫之著。

古注にあたる部分　〈　〉の部分は、紀貫之作の仮名序とは別に、後人が書き加えた部分で古注と呼ばれる。

藤原公任　九六六―一〇四一年。頼忠の子。権大納言に至る。詩歌管絃に長じた。中古三十六歌仙の一人。

藤原公任とする説　近時の論考に西村加代子「古今集仮名序「古注」の成立」（『中古文学』五六号、一九九五年）がある。

『後撰和歌集』　第二勅撰和歌集。天暦五年（九五一）、村上天皇の勅命により、大中臣能宣・清原元輔・源順ら五名が撰進を開始した。完成時期については諸説ある。

『拾遺和歌集』　第三勅撰和歌集。成立事情には不明な点が多いが、寛弘二（一〇〇五）―四年頃の成立とされる。

の「よみ人知らず」の歌が一首が見える。詠作事情も作者も不明であり、現地詠か観念詠かも判然としないが、大海原から寄せ来る波が何度も繰り返すように、繰り返し見たい玉津島よ、とするもので、実景を眺めて詠んだ印象を受ける。興味深いのは、波が寄せ来る玉津島を詠んでいる点であろう。現地での実景歌であったとすれば、この歌の当時は、玉津島はまだ地続きでなかったということになるが、判然としない。

また、三代集のなかではこの他に『後撰集』に、「題しらず」として、

玉津島ふかき入江を漕ぐ舟のうきたる恋も我はするかな
（恋三・七六八、大伴黒主）

がある。玉津島の深い入り江を漕ぐ舟が浮いている、そのように私はつらく苦しい（憂き）恋をすることだ、といった意で、恋の思いを相手に訴える前置きとして、玉津島の深い入り江が詠まれている。作者の大伴黒主は『古今集』撰者より前の時代の六歌仙の一人である。この歌の場合は現地で詠んだ可能性も皆無ではないが、恋歌であるので、あくまで修辞的に詠んだ可能性もある。いずれにして

よみ人知らず　作者不明の意。『古今集』の場合は、そのほとんどが六歌仙時代以前の古い時代の歌と見られている。

大伴黒主　生没年・伝未詳。六歌仙の一人。

紀貫之　八七一頃―九四六年頃。望行の子。『古今集』の撰者の一人で、同仮名序を執筆した。『土佐日記』の著者。三十六歌仙の一人。

も、玉津島に深い入り江があると認識されていた点は興味深い。

さて、ここに見た玉津島の二首はともに『古今集』の成立以前に詠まれたものであった。そうすると三代集の時代には、和歌の浦と玉津島が新たに和歌に詠まれることはほとんどなかったということになる。紀貫之には紀伊国に下った際の逸話も残されているが、和歌の浦や玉津島には興味がなかったのだろうかと不思議に思われる。その理由は明らかにはしがたいが、都が奈良から京都へと遷り、天皇の行幸が行われなかったことなども影響しているのかもしれない。

ただし、和歌の浦近くの吹上浜は、宇多天皇主催の『寛平御時菊合《かんぴょうのおんときききくあわせ》』において、「紀の国の吹上の浜の菊」の題で菅原道真が、

　紀伊の国の吹き上げに立てる白菊は花かあらぬか波の寄するか　（八）

と詠み、この歌は初句「秋風の」の形で『古今集』にも入集《にっしゅう》している（秋歌下・二七二）。ただし、これは都（京都）の歌合の場での題詠であり、現地詠ではない。

以上のように『古今集』から『拾遺集』の時代には、和歌の浦とその周辺については、ほとんど和歌の世界には登場してこない。ただし、作り物語においては吹上浜が舞台となり、和歌の浦と玉津島が登場することがあった。『宇津保物

紀伊国に下った際の逸話　貫之が紀伊国に下り、また都に上る際に、蟻《あり》通《とおし》の神に「かきくもりあやめも知らぬ大空にありとほしをば思ふべしやは」の歌を奉ったことが、『貫之集』（八三〇）や、後の『袋草紙』などに見える。

宇多天皇　八六七―九三一年。光孝天皇の子。第五十九代天皇。

『寛平御時菊合』　『寛平御時歌合』とも。菊合は左方・右方に分かれて菊に歌を結び付け、優劣を競う遊び。成立は仁和四年（八八八）―寛平三年（八九一）。

菅原道真　八四五―九〇三年。是善の子。右大臣に至る。死後正一位太政大臣。

紀伊の国の……　紀伊の国の吹上浜に立っている白菊は、花なのだろうか、それとも白波が打ち寄せているのだろうか。『古今集』の「秋風の吹き上げ……」の形の場合は、「吹上」の浜に秋風が「吹き上げ」るという掛詞となる。

語』▲の「吹上（上）」巻では、紀伊国の掾《じょう》▲である神南備種松《かんなびのたねまつ》という長者が、娘の産んだ嵯峨院の子（源 涼《みなもとのすずし》）を「吹上の浜のわたり」に建てた大豪邸で養育しており、噂を聞いた主人公たちが訪問する話がある。そのなかで一行が玉津島に詣でた場面が描かれている。それを見ると、

玉津島に入りたまひて、そこに遊び逍遥したまひて、帰りたまふとて、

少将、
あかず見てかくのみ帰る今日のみやたまつ島てふ名をばしらまし

あるじの君、
年を経て波のよるてふ玉の緒に貫《ぬ》きとどめなむたま出づる島

侍従、
おぼつかな立ち寄る波のなかりせば玉出づる島といかでしらまし

良佐、
玉出づる島にしあらばわたつ海の波立ち寄せよ見る人ある時

などてみな帰りぬ。

と作中の人物たちが歌を詠んでいる。いずれも玉津島に関連させたものではある

『宇津保物語』 平安中期成立とされる作り物語。作者は源順とする説もあるが未詳。

掾 国司の三等官。

が、この中で「玉津島」と詠むものは少将（源仲頼）の一首のみで、他は「たま［玉］出づる島」である。先述の通り「玉出島」は玉津島の別名であり、ここでもそれが用いられている。ただし、和歌においては「たま出づる島」と詠むものは他に見出すことができない非常に珍しい例である。内容は、「少将」他の客人側は景観を賞美し名残を惜しむ心を詠んでおり、もてなす側の「あるじの君」（源涼）は客人を引き留めたい心を詠むものである。ただし、これらを見ると波が寄るといった程度以上には玉津島（玉出島）の景観は描写されておらず、そこに神社があったような描かれ方もしていない。なお、この場面を描いたものが『紀伊国名所図会』に見えるので、参考に載せおく（図5）。

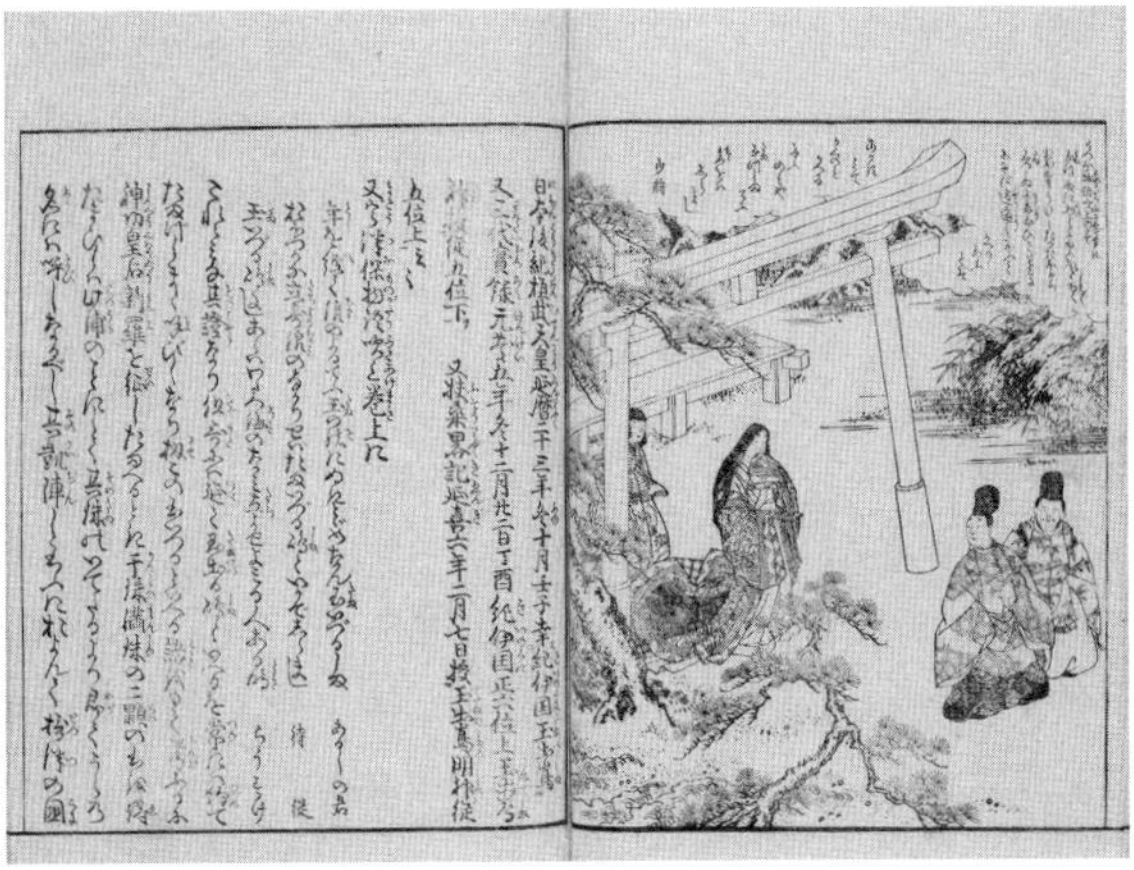

図5　『紀伊国名所図会』「宇津保物語吹上巻上」

3　藤原公任の旅

三代集には入らなかったものの、実は『拾遺集』前後の時代から、都の貴族らが和歌の浦を訪れ、和歌を詠んだ例が見えるようになる。まず藤原公任の『公任集』に見える旅がある。公任は住吉で浜辺を見て歌を詠み、玉津島に詣で、和歌の浦の歌を詠み、吹上にも赴いた。

この旅の年次は確定しがたいが、久保田淳は『公任集』の記述を分析し、天元三年（九八〇）、公任十五歳のことと推定している。穏当な説と思われるが、ひとまず十世紀末から遅くとも十一世紀初頭のことと見て間違いないだろう。『公任集』の該当部分を見てみよう。

その夜は岸づらに泊まりて、暁に出でて、いとおもしろかなる所々見むとて、玉津島に詣でむとてあるに、道おぼつかなしなど言ふほどに、かみひと達、たものさきにつかうまつらんとて出できたり。なりあひの松原より行けば、真菰草生ひ茂り、沢に駒のあるもをかしう、緑の松木暗き中より、白波の立つも見とほさる。やうやう御社に到る程に、入り日のほとりに海士《あま》の家かすかにて舟ども繋ぎ、網ども干しなどしたるを、都にかはりてをかし。御社に詣で着きて御幣《みてぐら》奉り、所々巡りて見れば、言ひやらんかたなし。おもしろくをかしきを、思ふ人に見せぬを誰々も思ふべし。そこのありさま、言はばなかなか劣りぬべし。かかる所にて、なかなかものも言はれぬ物になん有りける。［中略］

和歌の浦より帰るにおもしろささらなり、老いたる海人を見て、少将

年をへて和歌の浦なる海人《あま》なれど老の波には猶ぞ濡れける　（四四六）

久保田淳は……　「『公任家集』粉河旅行詠歌群について」（『古典和歌論叢』、明治書院、一九八八年）。

たものさき　未詳。

なりあひの松原　未詳。吹上浜沿いに和歌の浦に至る道沿いの雑賀松原とする説がある。

都にかはりてをかし　都とは違って興味深い。

言ひやらんかたなし　言いようがないほどすばらしい。

思ふ人に見せぬ……　都に残してきた思う人に見せられないのを、誰もが残念に思ったに違いない。

うしのいはや　未詳。異本に「うしろのいはや」とある。

年をへて……　年月を経て、わかの浦にいる海人だけれども、老いの波にはなお濡れることだよ。「浦」と「波」が縁語。

さたかやま 未詳。異本「さいかやま」とあり、これによるならば雑賀山。

物おもふに…… 物思いをしても、見ればそれを忘れるような浜辺の風だというのに、どうして住んでいる海人は袖を濡らしているのだろうか。「塩をたる」は働く海人の袖が海水に濡れる様で、涙を流すことを暗示する。

吹上の浜に到りぬ。風の砂《いさご》を吹きあぐれば、霞のたなびくやうなり。げに名にたがはぬ所なりけり。さたかやまの方のまへ人々など見えわたりて、いとおもしろし。駒を引き留めてやすらへば、海人のしほたるるもいと哀《あはれ》なり。

物おもふに見れば忘るる浜風にすむ海人いかに塩をたるらん　（四四七）

とある。ここに見える地名には不明なところが多いが、公任一行が玉津島に詣でようとしたが、道が不確かであったところ、「かみひと達」が案内することとなった。この「かみひと」は神人で玉津島社に関わる者であろう。彼らの案内でしばらく周辺を見てまわり、その後「御社に詣で着きて」と玉津島に参詣している。玉津島に「御社」があったことに注目しておきたい。ただし、海浜の風景や海士の家の様などの描写はあるのだが、和歌の浦と玉津島そのものの景観については「そこのありさま、言はばなかなか劣りぬべし」などと、景観を述べがたいとするだけで、具体的な描写はしておらず、玉津島については和歌も詠んでいない。その後には吹上浜に至って、風が砂を吹き上げて霞のようにたなびく様を記している。「名にたがはぬ所」とあるので、既に吹上浜は都で評判の地となっていたらしい。ちなみに、『紀伊国名所図会』には、公任が和歌の浦・吹上浜を訪れた場面の絵図も載っている（図6）。

さて、問題の和歌の浦については、同行者の「少将」▲が、海士を見て、和歌の浦であっても年を経た海士は老いの波に濡れていることだ、と詠んだ歌がある。この歌での和歌の浦には「若」の意が含まれており、「老」と対となっている。このことは『万葉集』において「若の浦」と記されていたことと関わるのだろう

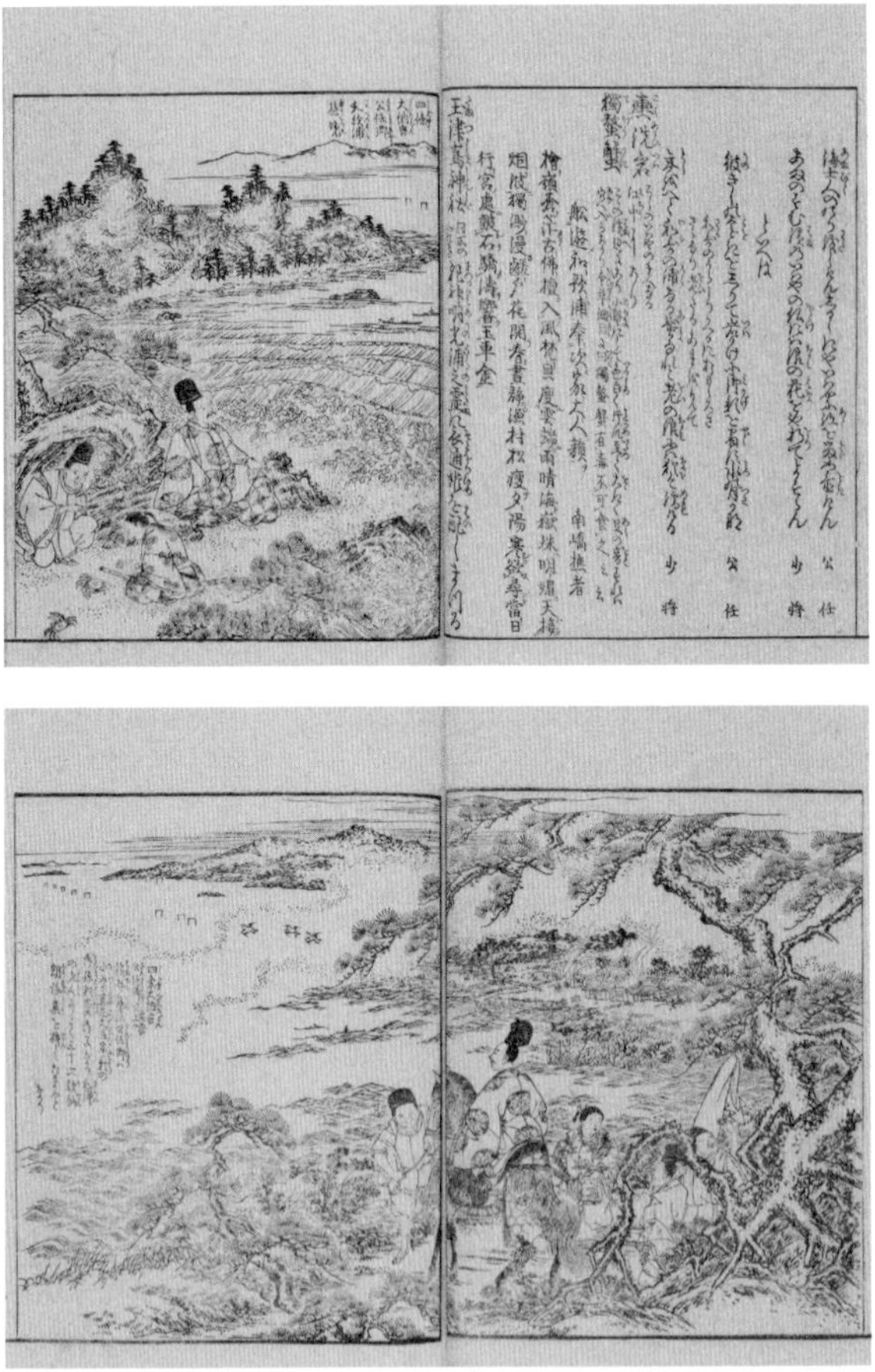

図6　『紀伊国名所図会』　上：「公任卿和歌浦遊覧」　下：「公任卿吹上の浜遊覧」

「少将」　前掲久保田淳「『公任家集』粉河旅行詠歌群について」は、公任の従兄弟にあたる小野宮実資とする。

か。次節で考えてみたい。

4 「若の浦」から「和歌の浦」へ

『万葉集』においては「若の浦」と表記されていたものが、いつから「和歌の浦」となったのか。この問題については、村瀬・三木の論考▲がある。これらを参考にしつつ、その変遷を見てみよう。まず、もっとも確実な方法は、各時代の該当部分の表記を見ることである。しかし、『万葉集』のように本来は漢字表記であったものとは異なり、仮名文字と漢字が併用されるようになった平安期以降においては難しい問題がある。現在我々が見る古典全般に言えることであるが、その作品を著した者、すなわち原著者の自筆本は時代が遡るほど、ほとんど残っていない。例えば『源氏物語』は当然紫式部自筆本（原本）があったはずだが、発見されておらず、現在我々が目にするものは、それを書写したものをさらに後の時代の人が何度も書写したものなのである。もちろんコピー機もないわけなので、彼らは人から本を借りて、それを見ながら自らの筆で写した。『古今集』などの勅撰集や、人々に愛好された『源氏物語』などは早くから多くの人々が写してきたので、多数の写本が伝わっている。誰かが書き写した本をさらに他の誰かが写

村瀬・三木の論考　村瀬（前掲『和歌の浦の誕生』所収）は「若」と「老」の対比、「和歌・和歌の道」としての詠まれ方、「玉津島姫」が詠まれることなどを指摘する。三木（同前）は「若（弱）」という表記が、現代も行われている「和歌」へと変わっていくのが、平安時代のことであったとして、『重家集』『山家集』の「和歌の浦」が和歌、和歌の道（歌道）と関連させて詠まれたこと、『宇治関白高野山御参詣記』に「和歌浦」と表記されていることなどを挙げて、平安時代後期には和歌を意識した地名「和歌の浦」が新たに確立したこと、「さらにその信仰の中心である玉津島神社は、女性歌人の祖とされる衣通姫を祀ることもあって、中世には［中略］和歌の神として崇拝されるに至る」ことを指摘している。

すことを繰り返し、枝分かれしながら派生したものを諸本と言う。おそらく紀貫之筆の『土佐日記』や、紫式部筆の『源氏物語』は長い時間のなかで失われてしまったのであろうが、さまざまな時代の数多《あまた》の人々が写してきたことで、現在まで作品が伝わってきたのである。先に見た『古今集』は、鎌倉時代に藤原定家が書写したものをもとに活字にしたものであり、『公任集』も公任の時代から遥かに下ったものを底本《ていほん》▲としている。現在の文献学では、あくまで元の本に対して可能な限り忠実に扱うことが前提となっているが、遥か昔に古典を書写した人々のすべてが、どこまで忠実に書写をしたのかというと、人によってばらつきがあったことは容易に想像できるだろう。それは、少し大げさに言えば伝言ゲームに似ている。見た文章を正確に写すこと、これは誰しも経験があると思われるが、教科書や黒板をノートに写す時に果たして一度もミスをしなかったことがあるだろうか。そのように写本には誤写もあり、さらに言えば、写した者が自分の解釈で文字を宛て替えることも少なくなかったことが想定される。

先ほど挙げた『公任集』では、問題の部分を「和歌の浦」と表記していた。この底本である宮内庁書陵部本を見ると、確かに「和歌の浦」と書かれている（図7－1）。『公任集』の他の写本である肥前島原松平文庫本を見ても同様である（図7－2）。しかし、なかには同じ『公任集』でも「わかのうら」とすべて仮名

底本　翻刻（活字化）する際にもととする本。

で表記しているものも見られるのである（図7－3）。

こうしたわけで、果たして藤原公任が「和歌の浦」と書いたのか、「わかのうら」と書いたのか、明らかにはしがたい。あるいは実は「若の浦」と書いていた可能性もあるかもしれない。後の時代に「和歌の浦」と書くことが一般的となった人々が、写す際に表記を改めた可能性も否定できない。こうした場合には、諸本を比較して最も古い時代のもの、あるいは信頼性の高いものを調査することが基本的な方法である。しかし、今回のように和歌の浦を詠む歌を対象とする場合、それらを収める数多の歌集類をすべて調査するのは膨大な作業となり、さらに

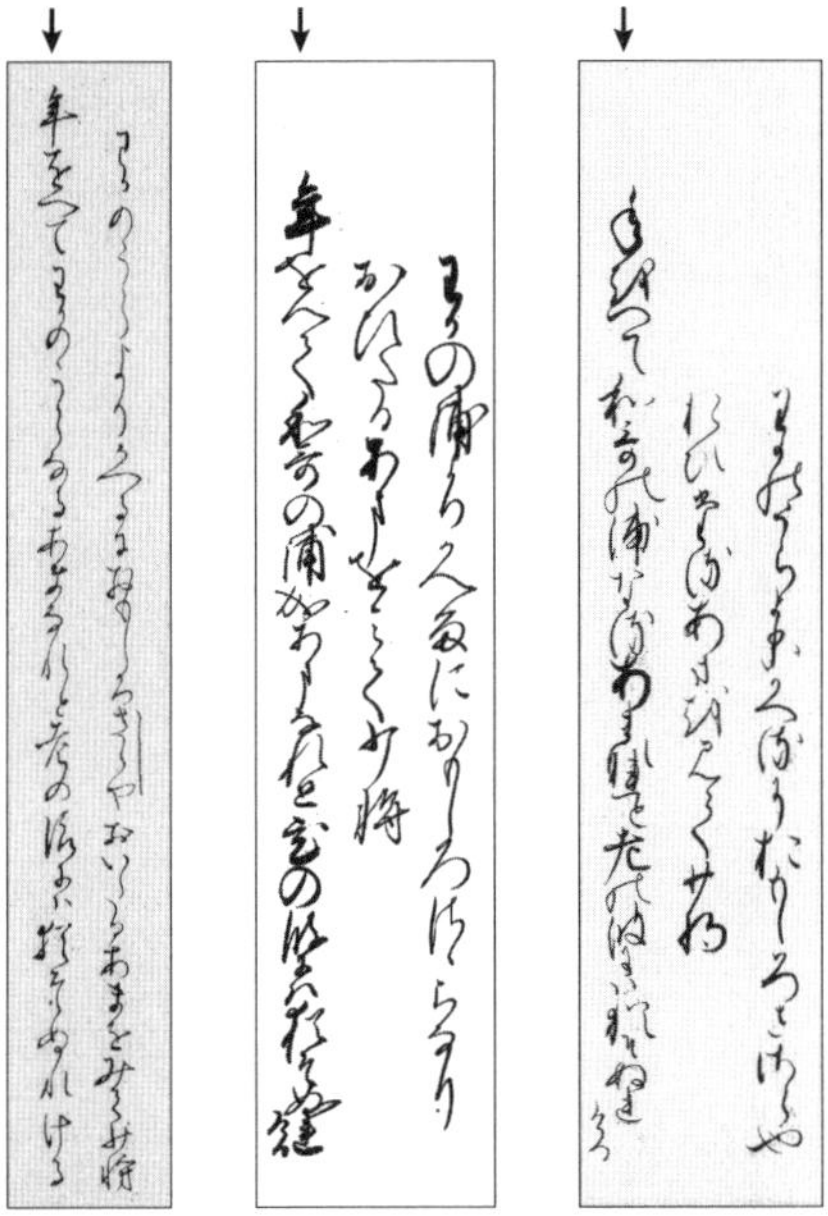

右：図7－1　『公任集』（宮内庁書陵部本）
中：図7－2　同（肥前島原松平文庫本）
左：図7－3　同（相愛大学図書館春曙文庫本）

『公任集』などの平安時代の作品の古写本はそもそも稀であるため、効率的ではない。そこで、二次的な方法となるが、ひとまず表記の問題は度外視して、和歌や作品のなかで「わかのうら」がどのような意味で用いられていたのかを考えてみる。以下、本章ではしばらく作品中の「和歌の浦」「若の浦」「わかのうら」等々については、どのように表記されているものも一括して「わかのうら」とし、その意味内容をもとに考察することとしたい。

それでは、先にも見た『公任集』の、

年をへてわかのうらなる海人なれど老の波には猶ぞ濡れける　（四四六）

を再確認すると、「わかのうら」の海士だけれども、老いてしまっているよと、いわば洒落を言ったものである。ここでは「若」の意味が含まれており、「若の浦」が意識されている。

続いて、勅撰和歌集の例を見てみよう。三代集には見られなかったが、その後の勅撰集である『後拾遺和歌集』に一首、『金葉和歌集』に一首、『詞花和歌集』に二首、そして『千載和歌集』に一首、「わかのうら」が詠まれた歌が見えるようになる。勅撰集では最も早い入集例となる『後拾遺集』の歌は、

頼国朝臣紀伊守にて侍りける時、言ふべきことありてまかりて侍りけるを、ことさらにものもいはざりければよみ侍りける

老の波よせじと人はいとへども待つらんものをわかのうらには

（後拾遺集・雑五・一一三一、連敏法師）

『後拾遺和歌集』　第四勅撰和歌集。白河天皇下命、撰者藤原通俊。応徳三年（一〇八六）成立。

『金葉和歌集』　第五勅撰和歌集。白河院下命、撰者源俊頼。三度の改編を経て最終的には大治元年（一一二六）か翌二年の成立。

『詞花和歌集』　第六勅撰和歌集。崇徳院下命、撰者藤原顕輔。仁平元年（一一五一）成立。

『千載和歌集』　第七勅撰和歌集。後白河院下命、撰者藤原俊成。文治四年（一一八八）奏覧。

老の波……　老の波が寄らないようにと、老いた私をあなたは嫌がるけれども、待っているでしょうに、わかのうらには。

連敏法師　生没年未詳。長徳（九九五―九九九）頃の人とされる。

である。紀伊国守として赴任する際につれない様子を見せた頼国に対して詠んだもので、ここでは、老齢の自身を「老の波」と表現し、頼国がこれから赴く「わかのうら」では若さが待っているとするものである。これも『公任集』の例と同様に「老」と「若」を対としており、「若の浦」が意識されている。▲次に『金葉集』の例を見ると、

堀河院御時中宮女房たちを、亮仲実紀伊守に侍りける時わかの浦見せんとてさそひければ、あまたまかりけるにまからでつかはしける

人なみにこころばかりはたちそひてさそはぬわかのうらみをぞする▲

（金葉集・雑上・五七八、前中宮甲斐）

とある。これは紀伊守仲実の誘いで「わかのうら」見物があり、多くの人が参加したのだが、行けなかった作者が恨む心を詠んだものである。「浦見」に「恨み」を掛け、「波」「立ち」「浦」と縁語を配した技巧的な作である。ここでは「若」の意味は込められておらず、「老」との対比もない。なお、既にこの時代に「わかのうら」が見物に赴く名所となっていたことを知ることができる。ただし、これは実際には行けなかった作者が都で詠んだ歌であった。ちなみに『紀伊国名

「若の浦」が意識されている　これらの和歌に関して現代の注釈書の多くは、「和歌の浦」の「和歌」に「若」の意を掛けた掛詞として解釈するのだが、これまでに述べたように、そもそも「若の浦」と表記されていた可能性が皆無ではない以上、果たしてそれが掛詞であったか、単に「若の浦」と「老」が対となっていたのかは検討が必要であろう。

人なみに……　他の多くの人と同じように、私も心だけは付き添って行きましたが、誘われなかった和歌の浦見物をお恨みすることです。

所図会』には、この歌とともに、紀伊守仲実が一行を和歌の浦見物に引き連れている絵があるので載せておく（図8）。

次に『詞花集』の二首を見てみよう。

修理大夫顕季美作《あきすゑみまさか》の守に侍りける時、人々いざなひて右近の馬場《むまば》にまかりて郭公《ほととぎす》まち侍りけるに、俊子内親王の女房二車まうできて、連歌し歌よみなどして、曙に帰り侍りけるに、かの女房の車より

美作や久米《くめ》のさら山と思へどもわかのうらとぞいふべかりける

この返しせよと言ひ侍りければよめる　　　贈左大臣

わかのうらといふにて知りぬ風吹かば波のたちこと思ふなるべし

（詞花集・雑上・二八三―二八四）

ある夜、藤原顕季が右近の馬場で人々と郭公の声を聞こうと鳴くのを待っていた時に、やってきた俊子内親王に仕える女房と連歌や和歌を詠んで夜を過ごし、明け方の帰り際に女房が詠んだ歌と、それに顕季の子の長実（贈左大臣）が応じた歌である。女房の歌は、美作守の顕季に対して、あなたは美作国の「久米のさら

図8　『紀伊国名所図会』「金葉集」

わかのうらと……　あなたがわかのうらと言ったのでわかりました。わかのうらに風が吹くと波が立ち来るように、私に来てほしいと思っているのですね、と戯れたもの。

山」かと思っていましたが、「わかのうら」と言うべきですね、というものである。「久米のさら山」は美作国の歌枕で『古今集』の神遊び歌「美作や久米の佐良山さらさらに我が名は立てじ万代《よろづよ》までに」（一〇八三）と詠まれ、「さらさら」を導く序として多く用いられる。ここでは、美作の佐良山のように、さらさらそうではないと思っていましたが、和歌をお詠みになるのですね、といった意味を含んで、顕季をからかいながらも褒めたものである。あるいはお若いのですねといった、「若」の意味を含んでいるという解釈も可能かもしれない。いずれにしてもこれは明確に「和歌」の意味を込めて読んだ例である。

以上のように、『金葉集』の時点では、「若」の意を含まない例が見え、『詞花集』では「和歌」を意識した歌が詠まれていた。また、これらはいずれも現地詠ではない、都の人があくまで詞の上で詠んだものであった。

勅撰集には入らなかったものの、「わかのうら」はこの他にも詠まれていた。少し遡ってそれらを見てゆこう。まず、注目すべきなのは津守国基▲の家集『国基集』の次の箇所である。

住吉の堂の壇の石取りに、紀の国にまかりたりしに、わかのうら玉津島に神の社《やしろ》おはす。たづね聞けば、「そとほり姫のこの所をおもしろがり

藤原顕季　一〇五五―一一二三年。隆経の子。大納言実季の養子。修理大夫に至り、六条修理大夫と称された。歌道家である六条藤家の祖。

右近の馬場　右近衛府の馬場。京の一条京極末にあったという。

津守国基　一〇二三―一一〇二年。基辰の子。住吉社の三十九代神主。住吉社の興隆に尽力した。

をはるなり　書陵部本は「おはるなり」の右傍に「如本す落歟」とある。「おはするなり」を誤写したものか。

からかみあげて　未詳。唐紙（中国渡来の紙）を掲げて、の意か。あるいは唐紙障子を開けてか。ただし後者の例は平安時代には未見。

て、神になりてをはるなり」と、かのわたりの人の言ひ侍りしかば、詠みて奉りし

としふれど老いもせずしてわかの浦にいくよになりぬ玉津島姫　（一五三）

かく詠みて奉りたりし夜の夢に、からかみあげて、裳唐衣《もからぎぬ》着たる女房、十人ばかり出できたりて、「うれしきよろこびに言ふなり」とて、取るべき石どもを教へらる。教へのままに求むれば、夢の告げのままに石あり。石造りして割らすれば、一度に十二にこそ割れて侍りしかば、壇の葛石《かづらいし》にかなひ侍りにき。

この歌が詠まれた年次は不明であるが、国基はおよそ十一世紀の人である。国基が住吉社の社壇に用いる石を求めて和歌の浦に赴き、玉津島の神社で歌を詠んだところ、その夜の夢に女房が十人ほど出てきてお告げがあり、良石を得たというものである。国基が詠んだ歌は、長い年月を経たけれども、老いることなく若々しいまま、わかのうらでどれほどの時代を過ごしたのだろうか玉津島姫は、といった意で、「老」と「若」を対としたものである。注目すべきなのは、玉津島に「社」があり、土地の者の語るところによると、その祭神は「そとほり姫」（衣通姫）であったと述べていることである。また国基の歌のなかでは「玉津島姫」と

しており、これは「そととほり姫」を言い換えたものと解される。玉津島に神社があることは『公任集』にも見えたが、その祀る神について言及するものとしては、これが早い例である。衣通姫《そとおりひめ》は『日本書紀』では允恭《いんぎょう》天皇の皇后の忍坂大中姫《おしさかのおおなかつひめ》の弟姫、『古事記』では同皇后の子の軽大郎女《かるのおおいらつめ》とされる女性で、その美しさが衣を通って輝いたという伝説があり、『古今集』「仮名序」では「小野小町は、いにしへの衣通姫の流なり」として女流歌人の源流と意識される存在であった。これを踏まえると、ここにおける「わかのうら」は和歌を意識して詠んだとも解されるだろう。ちなみにこの場面を描いたものが『紀伊国名所図会』に見えるので載せておく（図9）。

この他の平安期の私家集の例をもう少し見てみよう。『江師集《ごうのそちしゅう》』▲では、

熊野に参りたる人の、「わかのうらはおもしろかりしものかな」と語るを聞きて

七十のおもてての波の立たむまでわかのうら見ぬ人もありけり　（四一二）

『江師集』　大江匡房（一〇四一—一一一一）の家集。

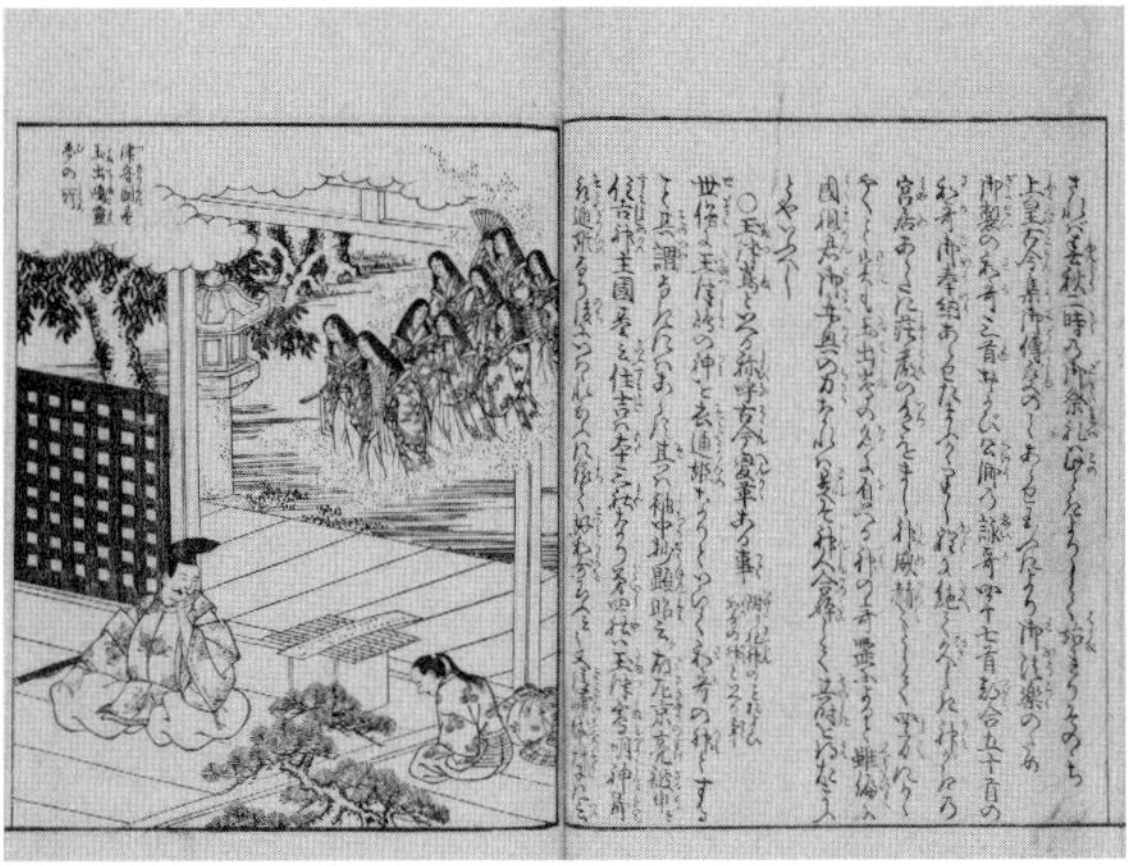

図9　『紀伊国名所図会』「津守国基玉出島霊夢の所」

とあり、熊野詣をした人から和歌の浦が素晴らしかったという土産話を聞いて詠んだ歌である。歌は七十になるまでわかのうらを見たこともない自分のような者もいるのですよ、といった意で、「七十」という老齢と「若」が対となっている。

また、藤原顕綱の『顕綱集』には、

人々など呼びて和歌詠むに、呼ばずとてうらみおこせたりければ
紀の国や白良《しらら》の浜のしらせねばことわりなりやわかのうらむる　（二九）

とある。顕綱が人々を呼んで歌会を催したところ、それに呼ばれなかった者から恨み言を送ってきたので、それに応じた歌である。紀伊の国の白良の浜（現和歌山県白浜海岸）を序として、「しらせねば」を導き、あなたに知らせなかったのでなるほどもっともです、わかのうら、ではなくて和歌のことで恨むのは、といった意味である。ここでは紀伊国の地名としての「わかのうら」と、「和歌」の「恨《うら》」が掛けられており、「和歌」が確実に意識された例と見なしうる。

続いて『行尊大僧正集』には「十六とかや申ししとしの九月ばかりに修行にいでし道にて」とする、行尊が十六歳で修行の旅をした際の歌群のなかに、

藤原顕綱　一〇二九—一一〇三年。藤原兼経の子。藤原道綱の孫。

『行尊大僧正集』　行尊（一〇五五—一一三五）の家集。行尊は源基平の子。家集は応徳・寛治年間（一〇八四—九四年）の青壮年期の修行詠を中心とする。

わかのうらをすぎまかりしに、暮れぬとていそがしく侍りしかば

わかのうらをあはれほどなく過ぐるかなつひにとまりも定めなき世に　（一二）

として、和歌の浦を急いで通り過ぎる際に、今宵の宿も定まらない、そのようにさだめのない現世を過ぎて行くといった感慨を詠んでいる。これは現地での実感を詠んだ歌と見てよい。ここでの「わかのうら」は、あるいは「若」い時もたちまちに過ぎるといった含意があるとの読みも可能かと思われるが、少なくとも「和歌」の意味は含んではいない。また、同集には、

まかり帰りし道に、公円阿闍梨がもとより

ほのぼのと霞みたりけんわかの浦の春のけしきはいかが見てこし　（一一）

返し

わかのうらは海人の塩屋に煙たち霞の間より花ぞにほひし　（一二）

として、修行の帰路に公円▲から、ほのかに霞んでいたであろう和歌の浦の景色をあなたはどのように見ましたか、と歌を贈られ、それに対して、海士の塩焼き小屋の煙が立ちのぼり、霞の間から花が美しく見えた様を詠んで返歌としている。

公円　一〇五三―一一〇五年。藤原経家の子。園城寺。権少僧都。

これは現地詠とは言えないが、海人たちが塩を焼く煙と霞、花といった景観を詠んでおり、行尊が行路に見た景観の記憶が基となった作と見てもよいだろう。

また、平安後期の『基俊集』には、

ある人熊野に参りて、わかのうらにて歌詠めりと聞きて
わかのうらに君がいひおく言の葉をいかに聞きけん玉津島姫　（一七八）

がある。熊野詣をした人が和歌の浦で歌を詠んだことを聞いた基俊が、「わかのうら」であなたが言いおいた言葉（和歌）を玉津島姫はどのように聞いたことでしょうか、といった意の歌を詠んだものである。基俊の歌は現地詠ではないが、「ある人」が熊野詣の際に和歌の浦で歌を詠んだことは知られる例である。また、「言の葉」は和歌のことを指し、「玉津島姫」も詠み込んでおり、玉津島姫と和歌との結びつきが意識された歌と見て間違いない。

以上の例を振り返ってみよう。『国基集』の場合は和歌の浦の玉津島当地で詠んだ歌であるが、その景観ではなく、玉津島姫のことを中心に詠むものであった。また、『江師集』『基俊集』では熊野詣の際に和歌の浦を見た人の土産話をきっかけに歌を詠んでいる。和歌の浦が一つの名所として意識され、その見物に赴く

『基俊集』　藤原基俊（一〇五六―一一四二）の家集。基俊は源俊頼と並ぶ当時の代表的歌人であり、晩年には藤原俊成の歌道の師ともなった。

人々がいたことが知られる。ただし、詠作者本人は実際に現地に行ったわけではなく、話を聞いただけで、都にいながら詠んだものである。

問題の「わかのうら」における「若」と「和歌」についてであるが、さほど例は多くはないものの、『後拾遺集』から『千載集』の間においても「若」を意識した歌が詠まれていた。また、『国基集』『基俊集』では、「玉津島姫」すなわち衣通姫のことが詠まれていた。それと並行するように「わかのうら」に和歌との関わりを意識した例が見えるようになっていた。

玉津島の神を衣通姫とする伝は『国基集』以降にも広まりを見せる。平安後期の藤原清輔の歌学書『奥義抄』上巻奥書には「玉津島姫明神守護巻也」とあり、「玉津島姫」を和歌の守護神と意識していたことが見られる。また同じく清輔著の『袋草紙』は『国基集』の歌を挙げ、「若浦の玉津嶋に神社あり。尋ね聞けば、衣通姫のこの所をおもしろがり給ひて、神と現じて跡を垂れ給ふなりと云々」としており、この伝承が享受されていたことが知られる。さらに時代が下るが、『古今著聞集』巻一には住吉社の祭神について述べたところに、

津守国基申し侍りけるは、「南社は衣通姫なり。玉津島明神と申すなり。和歌浦に玉津島の明神と申す、この衣通姫なり。昔、かの浦の風景を饒《ゆた》かに思

藤原清輔　一一〇四―七七年。六条藤家。顕輔の子。

『奥義抄』　藤原清輔著。平安後期の歌学書。初稿本の成立は保延元年（一一三五）―天養元年（一一四四）の間とされる。

『袋草紙』　藤原清輔著。平安後期の歌学書。保元二―三年（一一五七―五八）の成立と推測されている。

『古今著聞集』　鎌倉中期の説話集。橘成季著。建長六年（一二五四）成立。平安中期から鎌倉初期の説話を収める。

しめししゆゑに跡垂れおはしますなり」とぞ。

とあり、国基が玉津島明神が衣通姫である旨を述べた伝が見える。より時代が下ると説話の世界にも玉津島の神＝衣通姫＝和歌の神という信仰が定着し、広まっていたことが知られる。

さらに明確に和歌の浦と玉津島を和歌に結びつけ、かつ後代に大きな影響を与えたと見られるものに『千載集』撰者の藤原俊成が著した同集の仮名序がある。これを見ると、

かの昔の跡により、今このなずらへあるが上に、わかのうらの道にたづさひては七十の潮にも過ぎ、我が法のすべらぎにつかへ奉りては、六十になむ余りにければ、家々の言の葉、浦々の藻塩草かき集め奉るべき詔をもうけたまはれるならし［中略］
この集、かくこのたびしるしおかれぬれば、住吉の松の風ひさしくつたはり、玉津島の浪ながくしづかにして、千々の春秋をおくり、よよの星霜をかさねざらめや。文治みつの年の秋、長月の中の十日に、撰び奉りぬるになんありける。

法のすべらぎ　後白河法皇。俊成に撰集を下命した。

この集　『千載集』のこと。

とある。ここで述べられる俊成が七十になるまで携わった「わかのうらの道」は和歌の道、歌道を指す。さらに、後半では、和歌の神として既に知られていた住吉と対となる形で玉津島が挙げられている。俊成がなぜこの仮名序において「わかのうらの道」「玉津島」を用いたのかについては、これまで見てきたような、和歌の浦と玉津島と衣通姫の結びつきの広まりが背景にあったのだろう。さらに序文に相応しい文飾として、「七十の潮」「浦々の藻塩草」と詞の上での縁を活かすにあたって和歌の浦が適切だったことも一因と思われる。

俊成晩年の歌論書『古来風体抄▲』は、その結びとして、

波の音はあはれと聞けど和歌の浦の風の姿を誰か知るらん
あはれてふ人はなき世に住吉の松やさりとも我を知るらん

の俊成自身が詠んだ二首を載せている。和歌の浦の波の音はしみじみと聞く者はいるけれども、そこに吹く風の姿を誰が知るでしょうか、といった意で、和歌の表面的なところに感動する者はあっても、目に見えない風、すなわち和歌の正しい風体を理解する人はいるのだろうか、といった心を込めたものである。ここで

『古来風体抄』　藤原俊成著。初撰本は建久八年（一一九七）頃、再撰本は建仁元年（一二〇一）成立。式子内親王に献上したとされる。

も俊成は和歌の浦を歌道の象徴として表現している。

このように大きく見るならば、「わかのうら」は、早期においては「若」を意識して詠まれていたが、時代が下るとともに「和歌」の意味を含んで詠まれることが徐々に増加したといってよい。またその間には衣通姫が玉津島の神であるとの信仰が形成されていった。次節ではその背景を見ることにしたい。

5 和歌の浦への旅

前掲の『公任集』『国基集』『江帥集』『基俊集』などによって、平安中期から後期にかけて和歌の浦への旅が行われていたことが知られる。この他に、散文作品や古記録の類にも記されたものがある。彼らが和歌の浦をどのように見たのか、それらを参照してみよう。

公任の旅からおよそ半世紀後の永承三年（一〇四八）十月十一日、藤原頼通▲は都を出発し、高野山、粉河寺に詣で、十八日に「吹上浜和歌浦」を遊覧した。この旅に随行した平範国著の『宇治関白高野山御参詣記』（原漢文）に詳しい記事があるので、これを見てみよう。

藤原頼通　九九二―一〇七四年。道長の子。後一条・後朱雀・後冷泉の三朝にわたり摂政・関白となった。

［前略］是の行路の便に、吹上浜・和歌浦を御覧のためなり。巳刻の終り湊口に着御す。御馬并《なら》びに人々馬共《ども》、遅時に来たる間、光景傾かんと欲す。極興抑へ難し。仍《よ》りて先づ国司陪従《べいじゅう》を召し、近辺所在の馬を各《おのおの》の騎用に宛《あ》つ。先づ吹上浜を御覧ず。朱紫の袖を比べ、尊卑争ひて行く。時に蒼海は渺邈《びょうばく》として、清砂は崔嵬《さいかい》たり、天山に登る如く、葱嶺に向かふに似たり。頃之《しばらく》して、雑賀・松原を経て和歌浦に向はしめ給ふ。翠松蓋を傾け、白波蹄を洗ふ。見る毎に風流の地勢に飽き、弥《いよいよ》七宜の稟天然を感ず。猶ほ吹上之浜・和歌之浦を指すに、山辺の説、柿本の調べと雖も、此地に合はすること則ち難からんや。之に加へて轡《くつわ》を按《おさ》へ、鞍を扣《ひか》へ、争ひて色々の貝を拾ふの輩、已に老若を別たず、各の志の及ぶに任せ、興に乗るの余り、殆ど日の暮るるを忘る。未刻、御船に還御す。

頼通一行は、巳刻の終わり（午前十一時頃）に「湊口」に船で着いたが、到着が遅れている馬を待つうちに正午を過ぎようかという時刻となり、待ちきれずに近在の馬を徴用して、あたりをまわることとした。まず吹上浜、次に和歌の浦を眺めている。吹上浜・和歌の浦ともに景観が賛美されており、先学の多くはそれに着目している。ただし、この文は対句や比喩を用いた文飾が多く、実景を分析し

崔嵬　山が高く、巌石が険しい様子。

葱嶺　パミール高原の中国名。青々とした峰。

ようとした場合には参考となる記述は少ない。和歌の浦では、翠《みどり》の松と白波を描いた程度に留まり、以下は山部赤人や柿本人麻呂でもこの地をうまく言い表せないであろうといった賛嘆をするばかりである。また、従った人々が老若を問わずに貝を拾い、日没を忘れるほど楽しんだとあるが、実際には未刻（午後二時）には船に乗ったともしているので、これも文飾が甚だしい。玉津島については記述がないため、その景観は不明と言わざるを得ない。

ただし、注目したいのは、この原文では「和歌浦」あるいは「和歌之浦」と表記されていることである。先に見たように、仮名文の写本では、漢字と仮名の宛て替えなどが行われることは少なくないが、この書のような真名日記（漢文日記）はすべて漢字で書き記すことが原則であり、よほど特殊な例外を除けば、漢字表記を他の漢字に改めるということはまずあり得ない。よって、原書の段階、すなわち永承三年（一〇四八）の時点で「和歌」の文字が使用されていたことになる。これが現在確認しうる「和歌浦」の表記のもっとも早期の例である。

続いて、藤原宗忠の『中右記』（原漢文）を見てみよう。宗忠は天仁二年（一一〇九）に熊野に参詣し、帰路の十一月六日に和歌の浦・吹上浜を遊覧し、その景観を次のように記している。

例外　あり得るケースとしては、誤写である。しかし、この場合には「和歌」と「若」を誤写することはまずあり得ない。

藤原宗忠　一〇六二—一一四一年。平安後期の公卿。藤原宗俊の子。右大臣に至る。

海上を一時許《ばかり》渡り、和歌浦に着す。巌石は色色なり、松樹は処々あり、地形幽趣にして、風流勝絶なり。海上の間、自然に藤代山・和佐々加山を過ぎをはんぬ。未刻、馬・下人等来合はす。廻りて海浜を渡るなり。次に馬に乗り三十町許忩《いそ》ぎ行くの間、吹上浜に来着す。地形の為体、白砂高く積り、遠く山岳と成る。三四町許、全く草木無し。白雲を踏むが如し。誠に以て希有なり。此の地の勝絶、筆端能はず。馬より下り、暫く遊覧す。

こちらも「和歌浦」と表記している。その景観については、さまざまな色の巌石や、あちらこちらにある松、幽趣のある地形を述べて、「風流勝絶」と絶賛している。ただし、地形の様相は残念ながら記述されてはいない。そこから馬で吹上浜へ移動し、こちらは白砂が高く積もり遠くまで山岳のようになっており、数百メートルにわたって、草木も生えておらず、まるで白雲を踏むかのようだと、その希有な様に感嘆している。なお、こちらにも玉津島のことは記されていない。

続いて、藤原頼長《よりなが》の『台記』（原漢文）を見ると、まず康治三年（一一四四）二月十三日条に、父藤原忠実《ただざね》が高野山に参詣した帰路に、吹上・和歌の浦を眺望したとの伝聞を記している。頼長は同行しておらず、これ以上の注目すべき記事はない。ただし、『台記』の該当部分では、吹上は「不木阿気《フキアケ》」、和歌の浦は「和加

町　距離の単位。一町は約百九メートル。

為体　ありさま。様子。

筆端能はず　筆端は筆先。ここでは文章に表せないといった意。

藤原頼長　一一二〇—五六年。忠実の子。左大臣に至る。兄忠通と対立し、崇徳上皇と結んで保元の乱を起こしたが、敗死した。

藤原忠実　一〇七八—一一六二年。師通の子。関白・摂政を歴任した。

浦」と宛て字で記してある。伝聞であったので、伝え聞いた音を重視して表記したためか、頼長が吹上と和歌浦の表記を知らずに迷ったためかは判然としない。『台記』によれば、その四年後の久安四年（一一四八）に頼長自身も和歌の浦を見物している。頼長は住吉、高野山奥院に参詣した帰路の三月十八日に、吹上浜・和歌浦を見ている。記事は「吹上浜・和歌浦を見る」とあるだけで、景観も感想も記されていないが、ここでは「和歌浦」と表記されており、表記が定着していたことは確認できる。こちらも玉津島のことは記載がない。

以上に見たように、確認できる限りでは十世紀末から十一世紀初頭の公任が早期の例であり、それ以後の和歌や古記録などでは熊野詣や高野山参詣の帰路に、吹上・和歌の浦を遊覧する旅が行われていたことが知られる。古記録類を見ると、往路に和歌の浦を遊覧した例はなく、帰路に限られている。これらの旅は、あくまで熊野や高野山に詣でることが第一の目的であり、参詣後に、和歌の浦・吹上浜に寄ったのであろう。その点では、気楽な観光といった気分があったかもしれない。このように和歌の浦は名所として知られており、その実景を目にする人はいた。あるいは増加していたとみて良いかもしれない。これらと並行して、和歌の浦が歌に詠まれる例も徐々に増加していた。これらの事象は大きく見るならば、和歌の浦への関心の高まりと捉えてよいだろう。ただし、その一方で、現地で実景を詠んだ和歌の例はほとんど見出しがたく、「和歌の浦」は「和歌」と関わらせて観念的に詠まれる例が増加してゆく。こうした乖離はいったいどのような理由によるのだろうか。その一因として、『国基集』に見えた、玉津島の神が衣通姫とされていたことが注目される。国基の時代、およそ十一世紀には和歌との繋がりの深い衣通姫が玉津島の神であるとの伝承が知られるようになっていった。これは、「和歌浦」の表記の初例が見える『宇治関白高野山御参詣記』の永承三年（一〇四八）の時期と重なる。「わかのうら」が「和歌」と意識されたために、玉津島と衣通姫が結びついたのか、あるいは玉津島の祭神を衣通姫とする信仰が先に成立しており、それが「和歌の浦」の表記へ影響したのか、前後関係は明らかではないが、いずれにしても、十一世紀には玉津島の祭神が衣通姫とされ、「和歌の浦」と「和歌」が結びついていったことは確かである。そして平安末期には『千載集』の序文においても、明確に和歌と和歌の浦と玉津島が結びついていた。これらの展開は次の中世にさらなる広まりを見せることとなる。

三▼中世の和歌の浦・玉津島

1　中世勅撰和歌集における和歌の浦・玉津島

和歌の浦・玉津島を詠んだ歌は、平安期の勅撰集にも入集していた。しかし、それらは数の上では「和歌の浦」は合計で五首、「玉津島」は合計三首だけであった。それが中世に入ると大幅に増加する。その概要を次にまとめてみる。まず和歌の浦については、

《和歌の浦》

歌集	首数	歌集	首数
新古今集▲	5首	続千載集▲	8首
新勅撰集▲	7首	続後拾遺集▲	8首
続後撰集▲	5首	風雅集▲	10首
続古今集▲	7首	新千載集▲	39首
続拾遺集▲	6首	新拾遺集▲	9首
新後撰集▲	9首	新後拾遺集▲	17首
玉葉集▲	12首	新続古今集▲	25首

『新古今和歌集』　第八勅撰和歌集。後鳥羽院下命、撰者藤原定家・家隆他。元久二年（一二〇五）に一応の完成を見るが、その後も切継《きりつぎ》が行われた。

『新勅撰和歌集』　第九勅撰和歌集。後堀河天皇下命、撰者藤原定家。文暦二年（一二三五）成立。

『続後撰和歌集』　第十勅撰和歌集。後嵯峨院下命、撰者藤原為家。建長三年（一二五一）成立。

『続古今和歌集』　第十一勅撰和歌集。後嵯峨院下命、撰者藤原為家・真観（葉室光俊）他。文永二年（一二六五）成立。

『続拾遺和歌集』　第十二勅撰和歌集。亀山院下命、撰者藤原（二条）為氏。弘安元年（一二七八）成立。

『新後撰和歌集』　第十三勅撰和歌集。後宇多院下命、撰者藤原（二条）為世。嘉元元年（一三〇三）成立。

『玉葉和歌集』　第十四勅撰和歌集。伏見院下命、撰者藤原（京極）為兼。正和元年（一三一二）成立。

となっていて、第八勅撰和歌集である『新古今和歌集』から最後となった『新続《しんしょく》古今《こきん》和歌集』に至るすべての勅撰和歌集に入集している。しかもそれはいずれも五首を上回り、時代が下るにつれて増加する傾向が見られる。次に「玉津島」を詠んだ歌を見てみよう。

《玉津島》

玉葉集	新後撰集	続拾遺集	続古今集	続後撰集	新勅撰集	新古今集
3首	0首	0首	3首	1首	0首	0首
新続古今集	新後拾遺集	新拾遺集	新千載集	風雅集	続後拾遺集	続千載集
7首	2首	1首	1首	1首	1首	2首

こちらは和歌の浦と比較すると少ない印象があるが、ある程度安定して入集しており、『新続古今集』の七首がやや目立つ存在である。『新続古今集』の増加の内容については後述する。

大きくまとめると、中世には和歌の浦・玉津島への関心の高まりがあり、それが勅撰集の入集数にも反映されたと言える。では、その関心とはどういったものであったのか。本章では、この問題を考えながら、中世における和歌の浦・玉津

『続千載和歌集』 第十五勅撰和歌集。後宇多院下命、撰者藤原（二条）為世。元応二年（一三二〇）成立。

『続後拾遺和歌集』 第十六勅撰和歌集。後醍醐天皇下命、撰者藤原（二条）為藤・為定。嘉暦元年（一三二六）成立。

『風雅和歌集』 第十七勅撰和歌集。光厳院親撰。貞和二―五年（一三四六―四九）頃成立。

『新千載和歌集』 第十八勅撰和歌集。後光厳天皇下命、撰者藤原（二条）為定。延文四年（一三五九）成立。

『新拾遺和歌集』 第十九勅撰和歌集。後光厳天皇下命。撰者藤原（二条）為明が途中で没し頓阿が助成。貞治三年（一三六四）成立。

『新後拾遺和歌集』 第二十勅撰和歌集。後円融天皇下命、撰者藤原（二条）為遠が途中で没し、為重が引き継ぎ、至徳元年（一三八四）成立。

『新続古今和歌集』 第二十一勅撰和歌集。後花園天皇下命、撰者飛鳥井雅世。永享十一年（一四三九）成立。

島を見てゆくこととしたい。

2 『新古今和歌集』の歌人たち

『新古今和歌集』の成立期は、後鳥羽院《ごとば》が歌壇を統率し、優れた歌人たちが競い合うように秀歌を詠作した時代であった。彼らにとって、和歌の浦・玉津島がどのような存在だったのかを見てみたい。

まず、『新古今集』成立前夜のこととして、重要なことがある。後鳥羽院や藤原定家は、和歌の浦の景観を実際に見ていた可能性が高い。後鳥羽院は建久九年（一一九八）に退位して院政を開始してから、承久三年（一二二一）に承久の乱で隠岐に配流となるまでの間に、二十八度の熊野御幸《ごこう》を行ったとされている。藤原定家はそのうちの建仁元年（一二〇一）の熊野御幸に従っており、そのことを『熊野御幸記』(原漢文)に詳細に記録している。これによりつつ、彼らの旅を見てみることにしよう(図10)。

『熊野御幸記』によると、一行は十月五日に鳥羽殿を出発し、淀川を下って、石清水八幡宮・四天王寺を経て、六日に住吉社に詣でた。以後南に進み、同月八日には日前宮《ひくまの》を経て藤代宿《ふじしろ》に泊まり、九日には藤代王子を経て藤代坂を越えて、

後鳥羽院　一一八〇―一二三九年。第八十二代天皇。在位一一八三―九八年。退位後は院政を行った。

藤原定家　一一六二―一二四一年。俊成の子。『新古今集』撰者の一人、『新勅撰集』の単独撰者。日記に『明月記』がある。中納言に至る。

承久の乱　鎌倉幕府内の政争に乗じ、後鳥羽上皇が討幕の兵をあげた事件。朝廷方は大敗し、後鳥羽は隠岐に配流となった。

日前宮　日前・国懸神宮。和歌山県和歌山市。旧官幣大社。同境内に日前神宮と国懸神宮が並立し、それぞれ日前大神、国懸大神を主神としてまつる。

藤代王子　紀伊国名草郡。現和歌山県海南市藤白。「王子」は熊野権現の末社。京都から熊野に至る沿道に九十九の王子があり、参拝者の休憩所としても用いられた。

十六日に熊野本宮に到着している。その後、熊野新宮・那智などを経て帰路に入り、二十四日には再び藤代宿を経て、二十六日に帰京した。この旅で、一行が和歌の浦周辺を通ったことは確かである。日前宮と藤代宿の間の海側に和歌の浦は位置している。行路で言えば八日と九日、復路では二十四日がそこにあたる。し

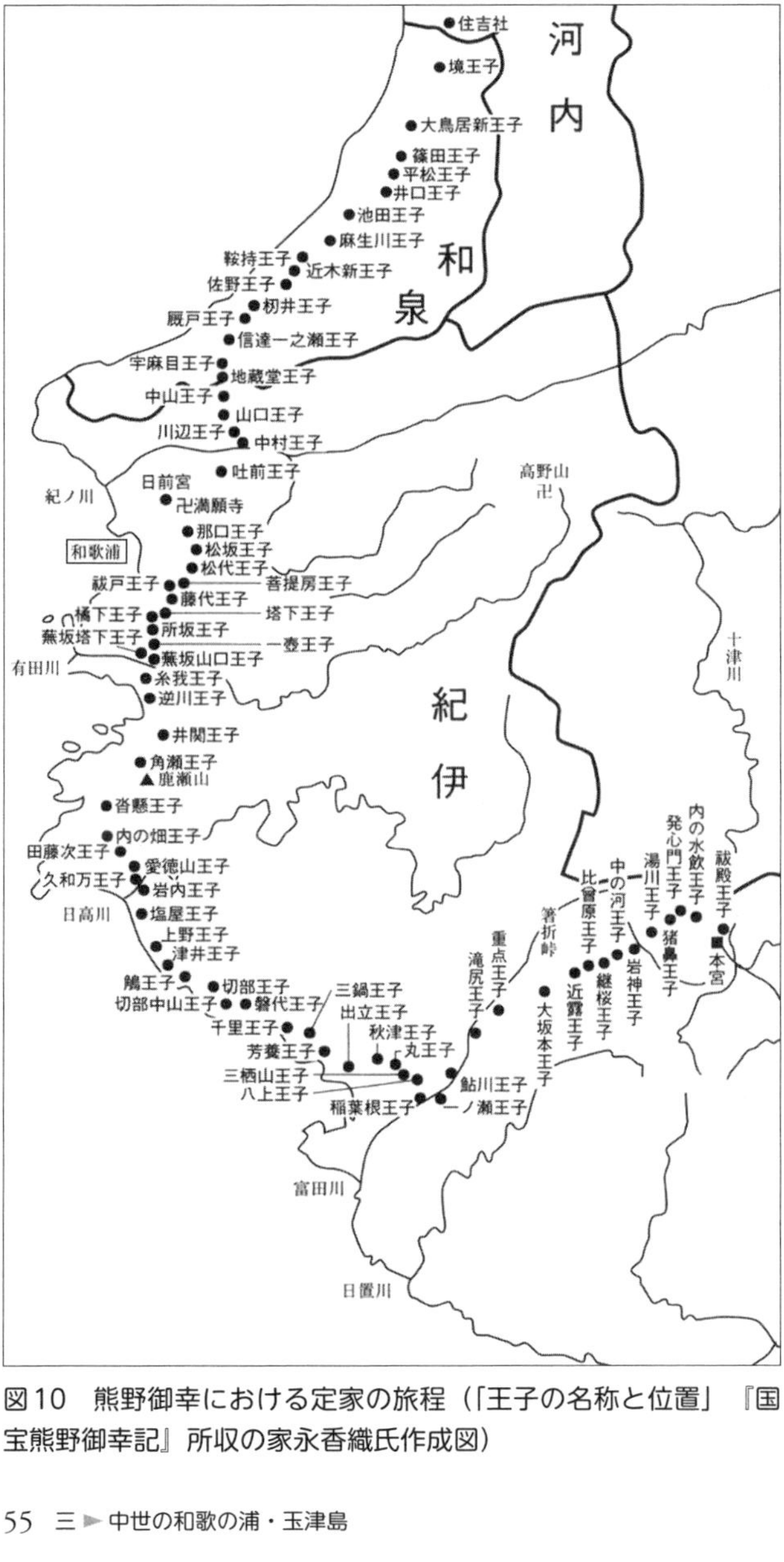

図10　熊野御幸における定家の旅程（「王子の名称と位置」『国宝熊野御幸記』所収の家永香織氏作成図）

かし、『熊野御幸記』には和歌の浦、さらに吹上浜、玉津島のことも記されていない。定家たちは和歌の浦を見なかったのだろうか。往路の九日の記事を見てみよう。ここで定家は「藤代坂を攀《よ》ぢ昇る［中略］道崔嵬、殆ど恐れあり。また遼海を眺望す。興なきにあらず」と記している。藤代坂からは間近に和歌の浦や吹上浜が、遠く淡路島などまでが見渡せる。定家が藤代坂から「眺望」した景観には和歌の浦や吹上が含まれていたはずである。しかし、彼の感想は、「興なきにあらず」であった。これは風情・感興がないわけでもない、といった意味である。そこそこ趣はあったといった程度であろう。定家らしい斜《はす》に構えた表現と見て、相応の感動を込めたと解することもできるかもしれないが、いずれにしても、前章に見た平安期の古記録類が、修辞を凝《こ》らして和歌の浦の景観を讃えていたことに比べて、随分と温度差がある。また、帰路の二十四日では「暁に道に出で、カブラサカ・藤代山を超ゆ。雨はなはだしく、路次度を失ふ。藤代の宿所に入り、小食をはりて、また道に出づ。雨を凌ぎヲン山を超ゆ。申の時ばかり、信達の宿に入る」と、藤代山を越え、激しい雨のなかを進み、藤代宿で小休止をし、和泉国へと進んでいる。こちらも和歌の浦などには一切触れていない（図11）。

平安期の熊野への旅では、帰路に和歌の浦を遊覧する例があったが、一行はそのように立ち寄ることはせずに先を急いでいる。この旅は定家の意志ではなく、

遼海　遠くまで広がっている海。

藤代坂からは……　藤代坂から和歌浦・玉津島が見えることは、後掲の『熊野詣日記』を参照されたい。

カブラサカ　蕪坂。長峰山脈を越える峠。現海南市と有田市の境。

路次度を失ふ　道中で狼狽した、の意。激しい雨のため。

ヲン山　雄ノ山。現和歌山市湯屋谷。紀伊国と和泉国の境。

後鳥羽院主導のものであり、激しい雨であったことも影響したのかもしれないが、いずれにしても定家は和歌の浦への興味や未練などは全く記していない。以上のように、少なくとも記事の上では、定家はほど近くを通ったはずの、和歌の浦・玉津島・吹上浜を自らの目で見ることへの関心が希薄だったように見える。

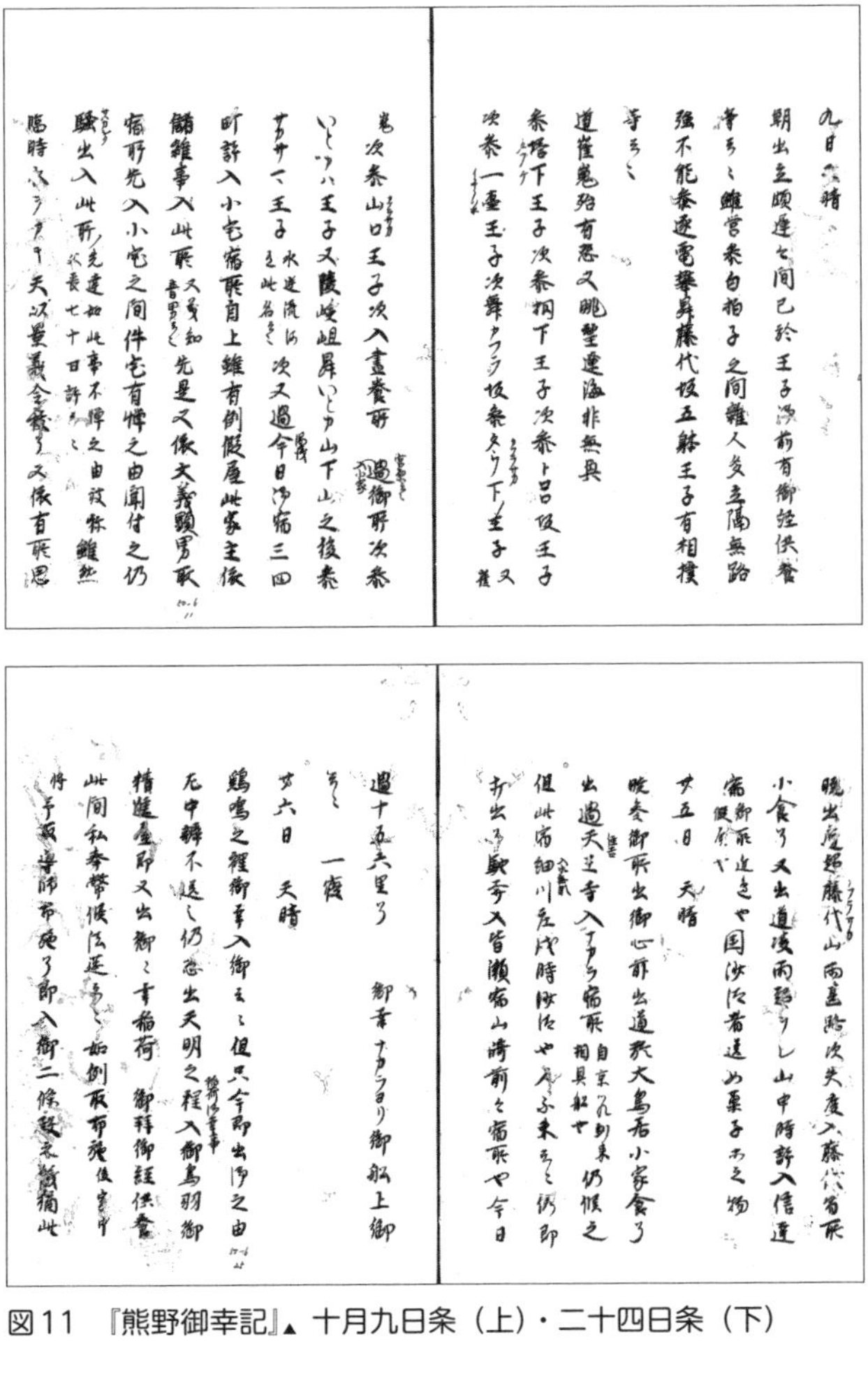

図11 『熊野御幸記』▲ 十月九日条（上）・二十四日条（下）

『熊野御幸記』 掲載画像は転写本である肥前島原松平文庫蔵『熊野道之間愚記』による。

後鳥羽院の熊野御幸を他に記したものとしては、四辻頼資《よつつじよりすけ》の『頼資卿熊野詣《よりすけきょうくまのもうでの》記《き》』（原漢文）がある。頼資は随行した計八回分の熊野詣を記しているのだが、こちらも和歌の浦・玉津島・吹上のことは見出せない。ただし、建保四年（一二一六）年三月十三日には「申刻、藤代神主宅に着す。海を望む窓有り。自然に日想観を凝らす」と、往路で藤代に宿泊した際に、窓から海を眺めた感想を記しており、建保五年（一二一七）七月七日にも「藤代神主宅に着す。潮声枕に落つ」と、復路で藤代に宿泊した際に、潮音を聞いたことは記している。この海浜は和歌の浦周辺と見られるが、直接的にはそれを記してはおらず、景観の描写もない。また、同じく頼資が記した『修明門院《しゆめいもんいん》熊野御幸記』・『後鳥羽院・修明門院熊野御幸記』などでも、藤代宿を経由したことはわかるが、和歌の浦等の記事は見出せない。

後鳥羽院のたびたびの熊野御幸についての記録は少なからず残されているのだが、道中に見ることが可能であったはずの和歌の浦・玉津島に関して直接記したものは見出せないのである。もちろん御幸の主目的は熊野詣であった。しかし、熊野への旅のなかで和歌の浦を見物する例が少なからず見られた平安期と比較すると、随分と隔たりがある。では、彼らが和歌の浦に全く無関心だったかというと、そうではない。御幸の随行者のなかには和歌の浦や吹上浜を歌に詠んだ者も

四辻頼資　一一八二―一二三六年。日野兼光の子。藤原光範の養子となる。権中納言に至る。広橋家の祖。

日想観　観無量寿経に説かれている十六観法の一つ。浄土を観想するために、西に向かい太陽の没する様を観想すること。

『修明門院熊野御幸記』　四辻頼資著。承元四年（一二一〇）の修明門院の熊野御幸に随行した記録。修明門院は藤原範季の子、後鳥羽院の妃で、順徳天皇の母。

『後鳥羽院・修明門院熊野御幸記』　四辻頼資著。建保五年（一二一七）の後鳥羽院・修明門院の熊野御幸に随行した記録。

いたのである。

3　熊野懐紙和歌

後鳥羽院は熊野への道中各所において、従賀した歌人たちとたびたび歌会を催した。特に熊野路において催された歌会では、その場に詠進された和歌の懐紙《かいし》▲を各所の王子などに奉納することが行われた。これらの懐紙は一括して残っているわけではないが、そのなかの一部は分蔵されて今に伝わっている。現在『熊野懐紙』と呼ばれるものである。ちなみに、歌会では、歌人たちは自作の和歌をそれぞれ自筆で懐紙に書くことが通例であり、後鳥羽院や定家ら『新古今和歌集』を代表する歌人たちの自筆の和歌である『熊野懐紙』は、国宝あるいは重要文化財に指定されているものが少なくない。そのなかには、定家が同行した建仁元年（一二〇一）の「建仁元年十月九日　藤代王子和歌会」と称される懐紙類が伝わっている。ただし、定家の『熊野御幸記』によれば、これは藤代王子で催された和歌会ではなく、藤代山を過ぎて湯浅宿に泊した夜に催されたものである。同日の記事を見ると、「この湯浅の入江の辺り、松原の勝形奇特《きどく》なり」と、定家がようやく宿所に着いて景色を愛でていたところ、歌会の題が二つ送られて来て、しぶ

懐紙　和歌を書く料紙。本来は懐中に携帯した懐紙のことで、平安期には当座の和歌や日常の贈答歌を書き留めるためにも使用され、和歌の料紙としての使用が頻繁になるにつれて、それだけで和歌の料紙を指す称となった。

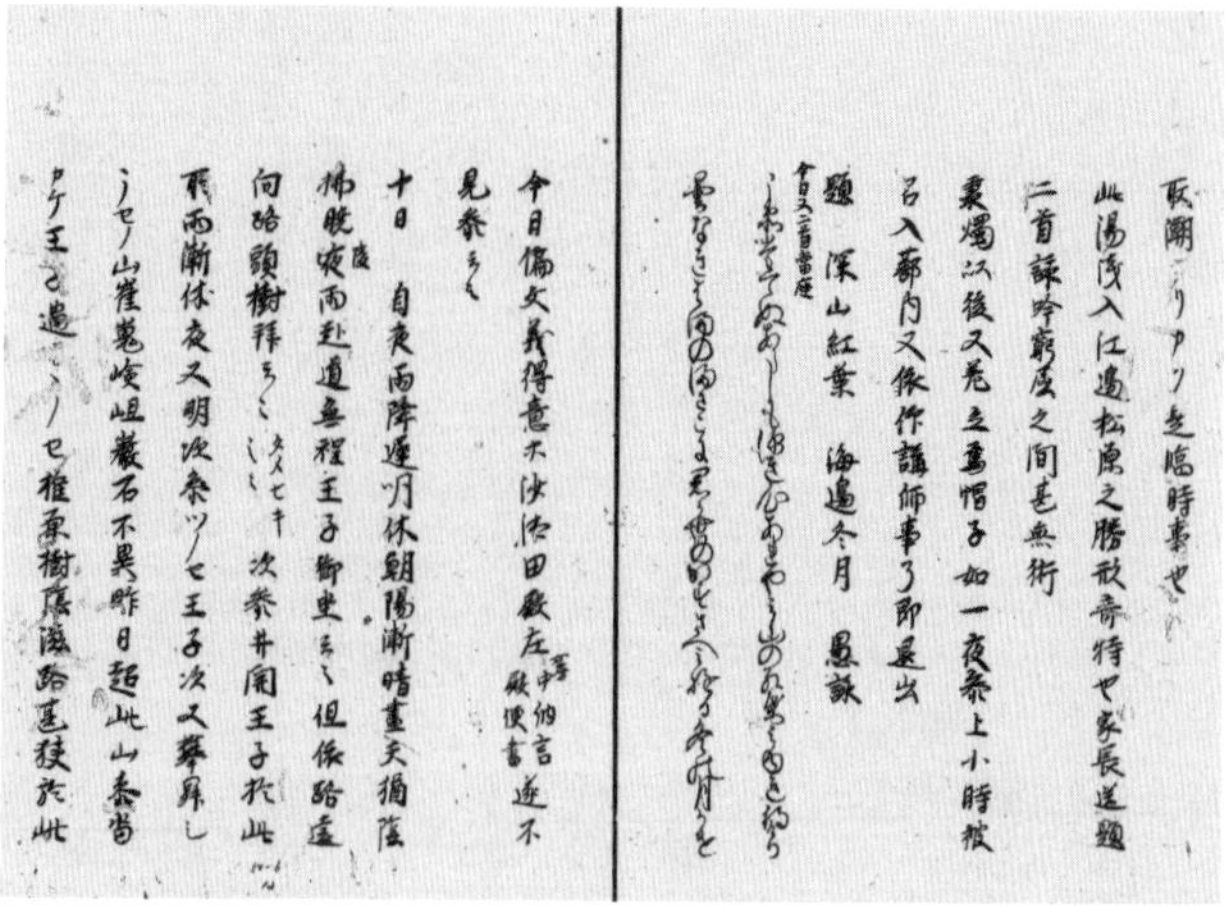

図12　『熊野御幸記』十月九日条（肥前島原松平文庫蔵『熊野道之間愚記』）

しぶ出席したことが記されている。定家は一つ目の「深山紅葉」題では、

声立てぬあらしも深き心あれや深山の紅葉みゆき待ちけり

を、次の「海辺冬月」題では、

曇りなき浜の真砂に君が世の数さへ見ゆる冬の月影

と後鳥羽院の威光や治世を祝賀する歌を詠んでいる。

この日の歌会の『熊野懐紙』は、定家の他にも十一名の計二十二首の作が伝わっている。そのなかの、「海辺冬月」題で詠まれた歌に注目してみたい。それらのなかには、

浦寒く八十島かけてよる波を吹上の月に松風ぞ吹く　（六四、後鳥羽院）

沖つ風吹上の浜にすむ月は霜か氷か浦の海士人　（七二、通光）

和歌の浦の松吹く風に月すみて波に宿かる冬の夜半かな　（八〇、通方）

声立てぬ……　音を立てない嵐も、深い心があるのだろうか、深山の紅葉も院の御幸を待っていたのだなあ、の意。紅葉を散らすはずの嵐が吹かず、見事な紅葉が院の御幸を迎えたとの祝意を込める。

曇りなき……　曇るところがない空の下、浜の美しい砂に、我が君の治世の数々が見えるように照らす冬の月光よ、の意。これも祝意を込める。

浦寒く……　海辺が寒々としていて、数多の島をわたって寄って来た波を吹き上げる吹上の浜の月には、松風が吹くことだ。

沖つ風……　沖から吹く風が吹き上げる吹上浜に澄んでいる月は、いったい霜なのだろうか氷なのだろうか、浦の海士人よ。

和歌の浦の……　和歌の浦の松に吹く風に月は澄みわたって、波の近くに宿を借りる冬の夜であるよ。

しほ風や……　潮風が吹き上げる吹上を照らす月は、雲も消えて、霜の上に霜が凍っているかのようだ。

しほ風や吹上の月に雲消えて霜より上に霜ぞこほれる▲　（八六、藤原清範）

の作がある。題に「海辺」とあるので、当然どの歌も海浜の風景を詠んでいるのだが、和歌の浦が一首、吹上が三首詠まれている。後鳥羽院の歌は、数多の島々を通ってきた波を吹上の浜の風が吹き上げ、松風の音を立てる景観に月を配したものであり、通光と清範の歌は、吹上の浜を照らす月光を霜や氷に見立てたものである。通方の歌は、冬の夜に松風が吹き月光が照らす和歌の浦の波近くに宿泊する風情《ふぜい》である。

さて、これらの歌は実際に彼らが見た景観であったかというと、そうではない。『熊野御幸記』の行程からすると、彼らは七日は信達宿に泊まり、八日夜は藤代宿に泊まった。そして、九日にこの会の催されたのは藤代山を越えた湯浅宿であった。吹上・和歌の浦の周辺を彼らが通過したのは八日の日中と推定されるので、そこで月を見ていたことはあり得ない。彼らは題の「海辺」から、ほど近くの吹上・和歌の浦を想起したのであろう。あるいは、近くを通った際の印象を下敷きとして、そこに冬の月を配して一首を仕立てたということはあったのかもしれない。しかし、実景を詠んだわけではないのである。さらに、ここで詠まれたすべての歌が和歌の浦・吹上を詠み込んだわけでもない。先の定家の例もそうだった

が、

伊勢の海士の磯辺の霜のかぢ枕かづかぬ袖も月に濡れけり▲　（七六、定通）

千世をへて月ぞさえますみ熊野の浦の浜木綿《はまゆふ》御幸かさねて▲　（六六、源通親）

などのように、題の「海辺」に対して、当地からは離れた「伊勢」や「熊野」などの歌枕を詠んだ者もいたのである。実景に対する感動を素直に詠むことではなく、虚構の美を詠むことに彼らの関心があったことが改めて知られるだろう。

後鳥羽院らが吹上を、通方が和歌の浦を詠んだように、彼らがこれらの地に相応の関心を持っていたことは確かである。しかし、残された記録類を見る限り、実際にその地を訪れて鑑賞した形跡はない。特に定家の場合はどこか冷ややかな印象も受ける。こうしたところに中世歌人たちの一つの特徴を見てよいだろう。

4　『新古今和歌集』

後鳥羽院の下命で成立した『新古今和歌集』には和歌の浦を詠んだ歌が少なからず入集した。それらも見てみよう。まず藤原良経▲が執筆した『新古今集』の

伊勢の海士の……　伊勢の磯辺の海士の、霜が置いたような舟の中で寝て、海に潜ってはいないはずの私の袖も月の光に濡れることだ。

千世をへて……　院の御幸がたびたび重なって、長い年月を経て熊野の浦の浜木綿には月の光がますます冴えまさることだ。

藤原良経　一一六九―一二〇六年。九条兼実の子。『新古今集』を代表する歌人の一人。摂政太政大臣に至る。

「仮名序」のなかには、

よろづの民、春日野《かすがの》の草のなびかぬかたなく、四方《よも》の海、秋津島《あきつしま》▲の月しづかにすみて、和歌の浦の跡をたづね、敷島《しきしま》の道をもてあそびつつ、この集をえらびて、永き世に伝へんとなり。

とあり、「和歌の浦の跡」と「敷島の道」が先人たちが詠んだ和歌の跡、和歌の道といった意の対句として用いられている。

次に入集歌を見てみると、

和歌所《わかどころ》▲の開闔《かいこう》▲になりて、はじめて参りし日、奏し侍りし
もしほぐさかくとも尽きじ君が代の数によみおく和歌の浦波▲
（賀・七四一、源家長）

は、和歌所の開闔に任命された喜びを詠むものである。「もしほぐさ」は海藻のことで、海人たちがこれを掻き集めることから「かく」（書く）と関わりがあり、「浦波」とも縁語となる。他にも和歌所で和歌の浦を詠んだものが入集している。

秋津島　日本のこと。

和歌所　勅撰集撰集のために設けられた編纂事務所のこと。後鳥羽院は『新古今和歌集』撰集のために建仁元年（一二〇一）に上皇御所内に和歌所を設置した。

開闔　和歌所の事務官。家長は建仁元年に開闔に任命された。

もしほぐさ……　藻塩草を掻き集めても尽きないように、このようにいくら和歌所で和歌を書いて集めても尽きることがないでしょう、我が君の万代の数々に詠み残される和歌は、和歌の浦の波のように。

和歌所歌合▲に、海辺月といふ事を

和歌の浦に月のでしほのさすままに夜なく鶴《つる》の声ぞかなしき▲

（雑上・一五五六、慈円）

これは『万葉集』の山部赤人歌▲を本歌として、和歌の浦に月の出とともに潮が満ちて来るなかで、居場所をなくして鳴く夜の鶴の声の悲しさを詠んでいる。なお、「鶴《たづ》」ではなく「鶴」としたのは、「夜の鶴」すなわち白居易の「夜の鶴子を憶《おも》ひて籠中に鳴く」（『白氏文集』『和漢朗詠集』などに所収）の、夜に子を思って鳴く鶴のことを踏まえたためであろう。これにより鶴はただ居場所がなくて鳴くのではなく、子を思って鳴くという悲しみが添えられている。また、

八月十五夜、和歌所にて、男《をのこ》ども歌つかうまつり侍りしに

和歌の浦に家の風こそなけれども波吹く色は月に見えけり▲

（雑上・一五〇六、範光）

も和歌所の歌会▲の作である。和歌の浦は歌壇のことを譬《たと》えており、「家の風」は

和歌所歌合　建永元年（一二〇六）七月二十五日の『卿相歌合』。

和歌の浦に……　和歌の浦で月が出て潮がさしてくるにつれて、夜鳴く鶴の声が悲しいことだ。

山部赤人歌　「若の浦に潮満ち来れば潟をなみ葦辺をさして鶴鳴き渡る」（万葉集・巻六）。

和歌の浦に……　和歌所に入るような家風のない私ですが、こうして歌を詠むことができるのは、和歌の浦の波に吹く風の色が月によって見えるように、院の御威光によるものです、といった意。

和歌所の歌会　建仁二年（一二〇二）八月十五日和歌所御会。題は「月前風」。

代々の歌道家としての風儀の意味を含ませている。和歌の家の風がない我が身でも歌壇に交われるのは、波を照らす月があるように後鳥羽院の威光によるものだとの感謝を詠み込んだものである。

以上のように『新古今集』撰集のために置かれた和歌所での会において、その場を暗示する表現として「和歌の浦」が詠まれていた。また、和歌や和歌所を暗示するだけではなく、連想される「藻塩草」「潮」「風」「波」などとも関わらせることで、和歌の浦の風景を詠みつつ、その中に各々の和歌への思いを含ませた作が少なくない。

5 『最勝四天王院障子和歌』と『建保名所百首』

『新古今和歌集』が一応の完成を見せ、しかし、その後も切継《きりつぎ》が行われていたころ、後鳥羽院は新たに完成した最勝四天王院《さいしょうしてんのういん》の障子に、日本各地の四十六箇所の名所の絵を描かせ、和歌を添えさせる企画を催した。和歌は後鳥羽院をはじめ、定家、家隆、雅経ら『新古今集』を代表する歌人たちが詠作した。ここで題材とされた四十六の名所の選定は、『明月記』（原漢文）によると、承元元年（一二〇七）四月二十一日に初めて行われ、定家が原案を提示した。しかし、四月二十三

切継　歌集の歌の一部を削除・追加する作業のこと。『新古今集』は元久二年（一二〇五）三月二十六日の竟宴によって一応形式上の完成を見るが、承元四年（一二一〇）九月まで約五年間にわたって切継作業が行われた。『最勝四天王院障子和歌』からも『新古今集』に追加された作がある。

最勝四天王院　京都市東山区三条通白川あたりに、元久二年（一二〇五）後鳥羽院が建立した。

家隆　一一五八—一二三七年。藤原光隆の子。『新古今集』撰者の一人。

雅経　飛鳥井。一一七〇—一二二一年。頼経の子。『新古今集』撰者の一人。

『明月記』　藤原定家著の漢文体日記。治承四年（一一八〇）から嘉禎元年（一二三五）に至る記事が現存する。

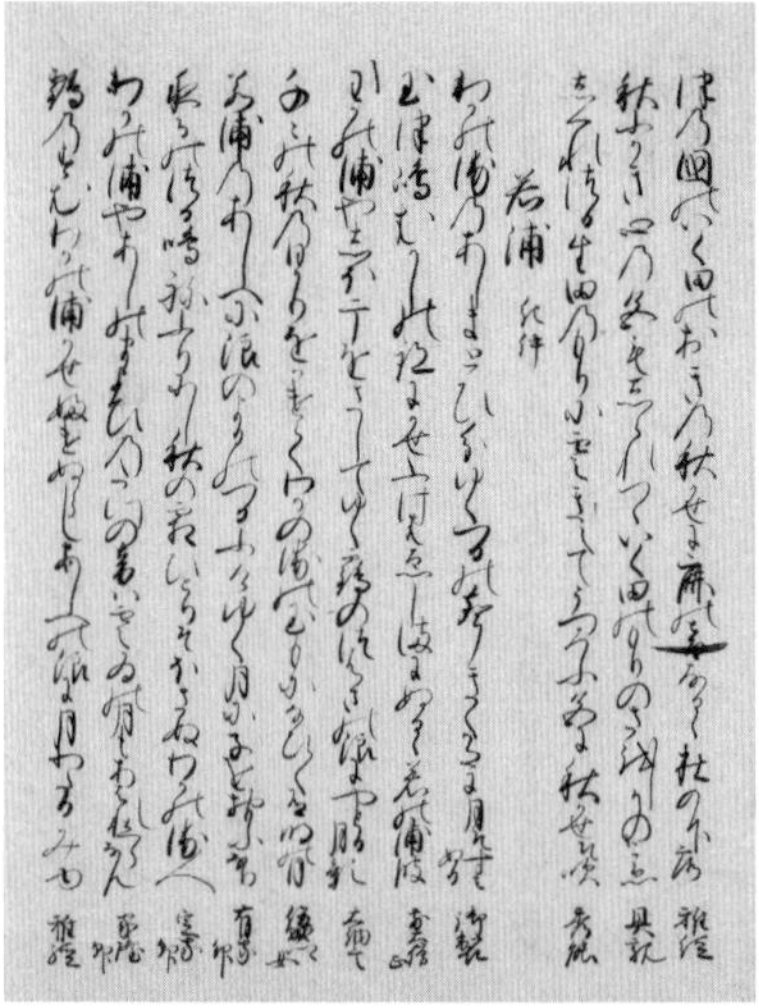

図13-1『最勝四天王院障子和歌』宮内庁書陵部本御所本（近世写）

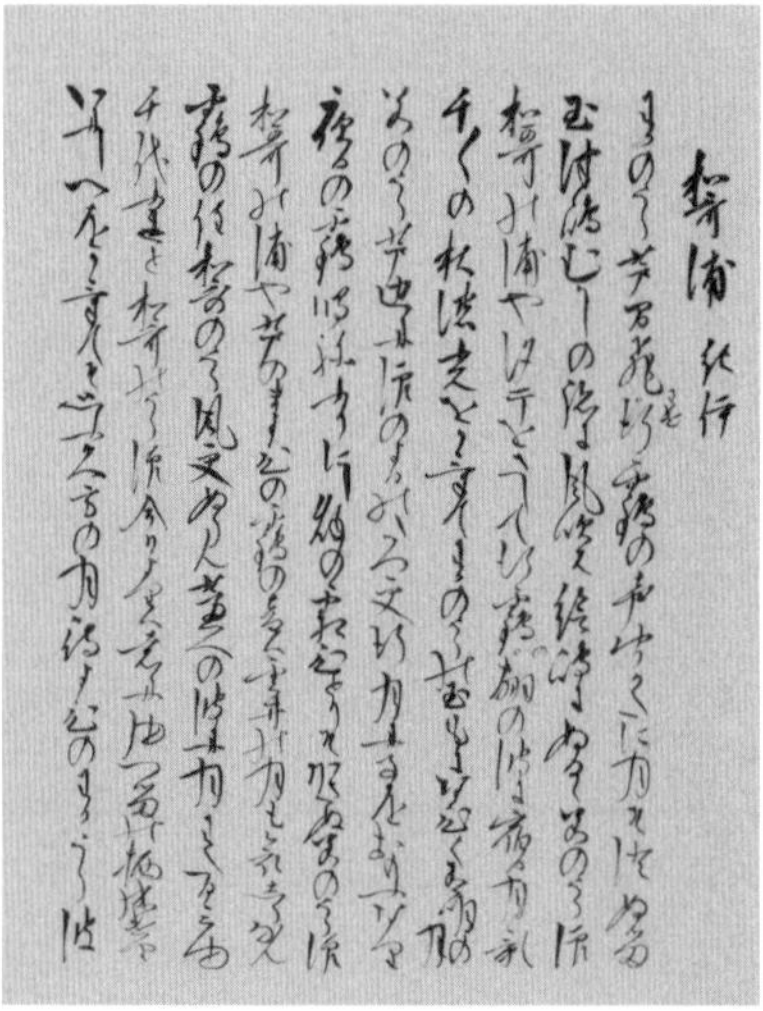

図13-2『最勝四天王院障子和歌』国文学研究資料館蔵本（延宝３年写）

日に「名所の内に和歌浦を入れざるは如何の由仰せ事あり」と、後鳥羽院から和歌の浦が入っていないのは如何なものかとの仰せがあり、和歌の浦と、さらに同じ紀伊国の吹上浜もこれに追加されることとなった。定家が初案に和歌の浦を入れなかった理由は定かではないが、後鳥羽院が追加すべきと判断したのは、和歌の浦が歌道や歌壇の象徴として盛んに詠まれるようになっていたことが背景にあったのだろう。

ここで詠まれた歌を見てみよう。まず興味深いのは、『最勝四天王院障子和歌』の題では「若浦」と表記されている諸本があることである（図13－1）。また題を「和歌浦」としている伝本でも、歌のほうでは「わかのうら」「若のうら」などの表記も用いられている（図13－2）。これまでにも見たように、日記類では「和歌浦」の表記が定着しており、定家も『明月記』で「和歌浦」と記していた。しかし、ここでは『万葉集』での表記である「若浦」が用いられている。和歌においては、「若浦」との意識も依然としてあったことが窺える。

この際の彼らの歌にも、『万葉集』歌への意識を見ることができる。

和歌の浦の芦間飛び分け行く田鶴《たづ》の声聞く方に月ぞすみぬる▲　（一〇一、後鳥羽院）

若浦や塩干をさして行く田鶴のつばさの波にやどる月かげ▲　（一〇三、通光）

前者は「芦」と「田鶴」、後者は干潟を目指して飛び行く「田鶴」と、『万葉集』の山部赤人詠を踏まえた作である。また、

わかのうらの芦辺に浪のよるの鶴更《ふ》け行く月に子を思ふなり▲　（一〇五、有家）

夜の鶴鳴く音ふりにし秋の霜ひとりぞ干さぬわかの浦人▲　（一〇六、定家）

これらは、前掲『新古今集』の慈円歌と同じく白居易の「夜の鶴」を踏まえたものである。この他にも、「鶴」「芦」などの景物を詠んだ作が多い。

また、玉津島も詠み込んだ歌として、

玉津島むかしのあとに風吹けば絵島に濡るる和歌のうら浪▲　（一〇二、慈円）

和歌の浦の……　和歌の浦の芦の間を分けて飛び立って行く鶴の鳴き声が聞こえるほうを見ると、澄んだ月が見えることだ。

若浦や……　和歌の浦の干潟を目指して飛んで行く鶴のつばさに浪がかかり、そこに映る月影よ。海上を低く飛ぶ鶴の翼が浪に濡れ、その雫《しずく》にも月光が宿る様。

わかのうらの……　和歌の浦の芦の茂る辺りに波が寄る夜に、鶴は更けて行く月に子を思って鳴くことだ。波が「寄る」と「夜」が掛詞。

夜の鶴……　夜の鶴が鳴く声を聞き慣れてしまった秋に、霜が置く衣を、一人で干せないで居る和歌の浦人よ。子を思って鶴が鳴くことを他人事と思えずに涙を流し、その涙に濡れた袖に霜が置く様を含意。

玉津島……　玉津島の昔から伝わる跡に風が吹くと、絵島まで伝って濡れる、和歌の浦の波よ。絵島は淡路島北東の島。

があり、ここでの「玉津島むかしのあと」とは、昔から伝わってきた和歌のことを暗示している。風が吹いて遥か遠くまで和歌の浦の波が届く、といったもので、風には後鳥羽院の威風の意味も持たせているのであろう。玉津島を直接詠んだものはこの一首のみであるが、

千々の秋の光をかけて和歌の浦の玉藻になびく有明の月▲（一〇四、俊成卿女）

のように、「光」「玉」など、玉津島を連想させる詞を用いた例もある。

ここでの作には、和歌の道との関わりが直接的に見てとれる歌はそれほど多くはないが、後鳥羽院主催の障子和歌であったという詠作事情を踏まえると、根底には意識されていたことだろう。彼らの多くは赤人歌の「芦」「鶴」などを念頭に置きつつ、夜に子を思う鶴に歌想を広げ、あるいは海辺のものとして「玉藻」などの景物も取り込むなどの工夫を凝らしている。和歌の浦と和歌との関わりはこれ以前にも詠まれていたが、新古今歌人たちによって、和歌の浦に関わる表現は大きくそのバリエーションが増加したと言える。

また何よりも『最勝四天王院障子和歌』の四十六の名所に入ったことによって、

千々の秋の……　幾千度の秋の光を投げかけてきた、和歌の浦の美しい藻が靡《なび》くところに、今また靡いて宿る有明の月よ。

『建保名所百首』　建保三年（一二一五）、順徳天皇下命。

和歌の浦と吹上浜は名所歌枕としての地位を確たるものとした。この後に後鳥羽院の子である順徳天皇が催した『建保名所百首』▲でも百の名所のなかに和歌の浦と吹上浜は入れられている。こちらは百箇所の名所を、春・夏・秋・冬・恋・雑に割り当てた百題百首であり、春の部に「吹上浜」が、雑の部に「若浦」が題として設定された。ここでも題では「若浦」と表記されている（図14）。詠まれた歌もいくつか見ておこう。

和歌の浦やまだ道しらぬ波の上にうきたる舟はやる方ぞなき▲

（一一七〇、兵衛内侍）

吹きまよふ和歌の浦風しるべせよ玉津島《も》守る神のまにまに▲

（一一七四、範宗）

若の浦やよるべもしらで行く舟の跡吹きおくれ沖つ塩風▲

（一一七六、康光）

一首目は、和歌の道をまだ知らない我が身を行方もわからないまま波に浮かんだ舟にたとえたものである。二首目は、玉津島を守る神に、和歌の道に迷う自分の道標となってくれるように祈る心

和歌の浦や……　和歌の浦のまだ道を知らない波の上に浮いている舟は、これからの行く先もないことだ。

吹きまよふ……　吹き迷っている和歌の浦風よ、道標をしてくれ。玉津島を守る神のお心のままに。

若の浦や……　和歌の浦の寄る辺も知らないで進んで行く舟の跡を、吹いて送っておくれ、沖の潮風よ。

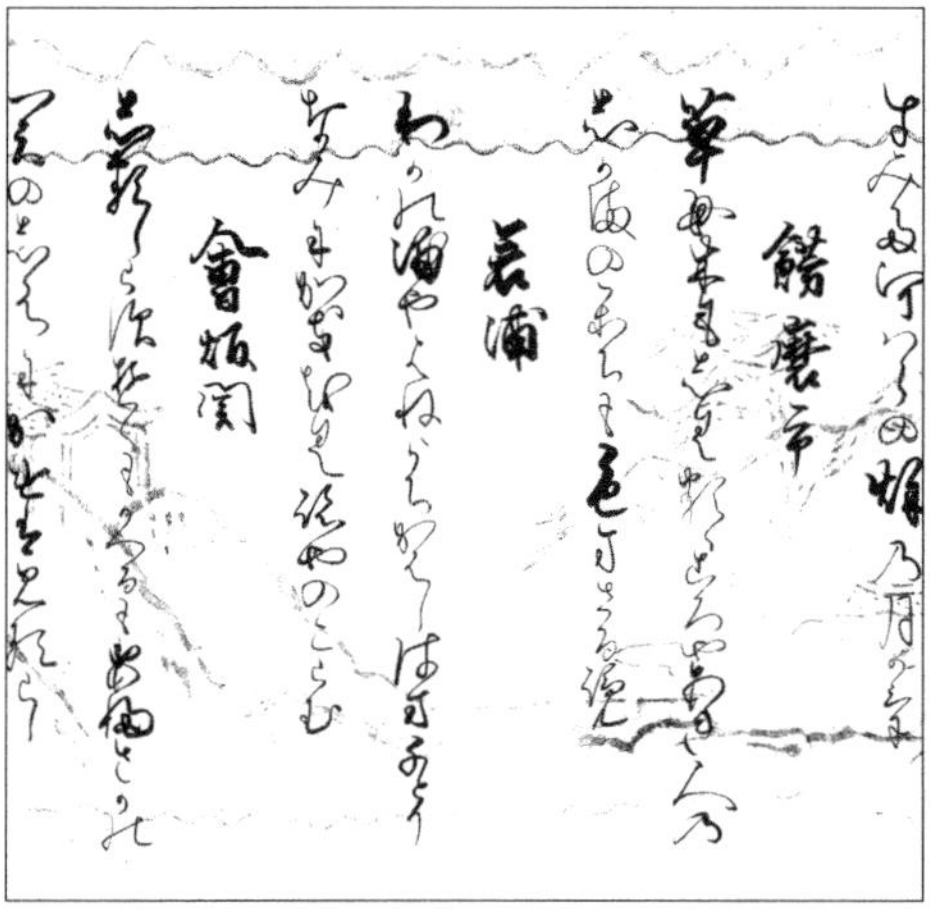

図14　『建保名所百首』（国文学研究資料館蔵本「内裏名所百首」）

が込められている。三首目は、和歌の道において頼りとする者もない自分が先に進める風を送ってほしいとの願いである。以上のように、各々の歌道への願いを祈念する作が少なくない。

これ以後も和歌の浦は歌道の象徴として、数多の歌人に詠みつづけられることとなった。代表的なものを少し挙げておくと、文永三年（一二六六）三月に『続古今竟宴和歌』が宮廷歌人たちによって詠まれたが、そこでは、

和歌の浦にみがける玉を拾ひ置きていにしへ今の数を見るかな

（続千載集・賀・二一三七、為氏）

と、後嵯峨院歌壇に珠玉の和歌の数々が集まったことを祝賀する歌が詠まれた。

また、『新千載集』には次のような作も見える。

続千載に名をかけながら続後拾遺に漏れて侍りけるころ、浦千鳥といふ事をよめる

和歌の浦や跡つけそめし浜千鳥今はよそなる音《ね》をのみぞ鳴く

（新千載集・雑中・一九九四、行乗法師）

『続古今竟宴和歌』　『続古今集』の完成を祝す宴会で詠進された和歌。

和歌の浦に……　和歌の浦に磨かれた玉を拾い集めて置いて、昔と今のすばらしい歌の数々を見ることだ。「和歌の浦」は後嵯峨院歌壇を、「いにしへ今」は『続古今集』を暗示。

後嵯峨院　一二二〇―七二年。土御門天皇の子。第八十八代天皇。退位後院政を執り、『続後撰集』『続古今集』の撰進を下命した。

和歌の浦や……　和歌の浦では、足跡をつけはじめた浜千鳥（のような私）は、今はよそにあってただ声をあげて泣くばかりであるよ。

これは、自身の詠んだ和歌が『続千載集』に入集を果たし、歌人としての足跡を残しはじめたものの、『続後拾遺集』には一首も入らなかった嘆きを込めたものである。結局この歌は後の『新千載集』に入集を果たすこととなった。

6 「わかの浦」を詠むこと

和歌が諸道の一つ、歌道として意識されることが定着した中世において、歌道への情熱や執着を歌に詠もうとする際には、「和歌の浦」は非常に便利な、有り難い歌枕であった。実は彼らは和歌のなかに直接「和歌」、ましてや「和歌所」や「歌道」といった詞は詠むことはできなかったからである。少し迂遠な話になるが、和歌は「やまとことば」すなわち和語、簡単にいえば訓読みの言葉で詠むべきものであり、漢語、言い換えれば音読みの言葉は詠むべきでないとされていた。特に勅撰集などの権威ある和歌集には、ごく僅かな例外を除くと、和語で詠まれた歌しか採られていない。そうした場合、問題の「和歌《わか》」は音読みであり、これを歌に詠もうとする際には「やまとうた」とすべきであった。例えば「和歌の道」と詠んだ歌などはそれなりにあると思われるかもしれないが、勅撰集には

やまとうた　「やまとうた」を詠んだ例には「日の本やこのみかどにはしきしまややまと歌をばいとはざらなむ」（相模集・三一八）などがある。

一例もなく、その他の歌集に目を広げてもほとんど見出すことができない。時代が大分下った室町の歌人正広《しょうこう》▲の作例がわずかに見える程度である。

しかし、和歌の浦は『万葉集』では「若浦」と表記されていた。言い換えるならば、本来は「若浦」であった。そのことは、先に見た『最勝四天王院障子和歌』などの表記からもわかるように、中世の歌人たちにも意識されつづけていた。歌枕「若の浦」あるいは「わかの浦」を和歌に詠むことはもちろん何の問題もなかった。そして「若の浦」に「和歌」の意味を含ませることは許容されたのである。また「和歌の浦」は山部赤人の歌にも詠まれた「潮」「芦」「鶴」なども縁語として用いることができる。さらには「浦」から連想される海辺のさまざまなもの、例えば「波」「藻」「霞」「松」「千鳥」などとも取り合わせて詠むことも可能であった。これらの題材を組み合わせながら、歌人たちは、「わかの浦」の景観を組み立てつつ、その内側に自身の歌道への思いを込めていったのである。

これ以降の和歌の浦の詠作例についてはあまりに数が多いので詳しく触れることは省く。ただし、それらは単に数的に増加しただけではなく、歌人たちがそれぞれに抱いていた歌道への思いを表白するために、各々の趣向をめぐらせたものであった。

正広 一四一二―九三年。冷泉流歌人正徹の弟子。

7　定家の子孫たちと玉津島

ここまで和歌の浦を中心に見てきたが、もう一つの軸である玉津島についても述べたい。玉津島の神を衣通姫とするものは『国基集』が早いもので、平安後期の歌学書でも言及され、中世初期には説話にも見えることは先に述べた。『新古今集』の時代にも、和歌の浦とともに玉津島を併せて詠み込んだものがあり、そのなかには玉津島を和歌の神と意識して詠んだ歌も少なからず見られた。ただし、中世の勅撰集には少し遅れて定家の子である為家が撰者となった『続後撰集』から入集するようになってくる。歌道の神としての玉津島信仰の定着と広がりと、為家やその子為氏らとの関わりを見てゆくことにしよう。

定家没後に御子左家《みこひだり》を継いだ為家は、宝治二年（一二四八）七月二十五日に後嵯峨院から勅撰集の撰集を下命された。為家はその年に玉津島に詣で、三首の和歌を詠んだことが彼の家集に見える。詞書《ことばがき》に「玉津島参詣の次《ついで》」、「其の比《ころ》勅撰の事時に同じ」とあり、勅撰集撰集を拝命してまもなく玉津島に詣でた際の作と見られる。その三首を見ると、

為家　一一九八―一二七五年。藤原定家の子。『続後撰集』の単独撰者。『続古今集』の撰者の一人となった。権大納言に至った。

為氏　一二二二―八六年。藤原為家の子。『続拾遺集』の撰者。権大納言に至った。

御子左家　藤原長家を祖とし、俊成―定家―為家と続く家の称。

為家の家集　為家の家集は複数の種類があるが、『私家集大成』の分類によれば、Ⅰ類・Ⅱ類に玉津島参詣のことが見える。以下の引用は『私家集大成』Ⅱ類『為家卿集』による。

玉津島

みがき置くあとを思はば玉津島今もあつむる光をもませ▲　（四二八）

若浦

つたひ来る道ありければ和歌の浦心にかけししるべをも見よ▲　（四二九）

吹上浜

白妙に雪ふきあげの浜風になほつけまうきあとを添へつつ▲　（四三〇）

と、「玉津島」「若の浦」「吹上浜」を題としている。一首目は「みがき」「玉」「光」と縁語を配しながら、先人たちの跡を継いで今自分が撰ぶ勅撰集にさらなる光が増すことを玉津島に祈るものである。二首目は、自分には代々伝わってきた歌道があるので、これまで心がけてきた成果を見てほしいと和歌の浦に訴えるものである。三首目は、吹上浜に美しく積もった雪に憚《はばか》りながら、それでも足跡をつけるとするもので、勅撰集を撰進した先人たちの偉業を白妙の雪にたとえて、自分がその跡に加わることを恐縮しながらも進む思いを込めている。これらは玉津島での作であるが、現地の風景には主眼が置かれていない。勅撰集撰者となった覚悟や、撰集の達成への祈りを詠んだものである。

その為家が撰んだ『続後撰集』には、息子の為氏が詠んだ次の一首が入集して

みがき置く……　先人たちが磨きおいた跡を思ってくださるならば、玉津島の神よ、今も私が集めている勅撰和歌集に光を増してください。後に「玉津島に詣でてよみ侍りける」の詞書で『続千載集』に入集（神祇・八六九）。

つたひ来る……　伝わって来た和歌の道があるので、和歌の浦よ、私が心にかけてきたその教えの成果を見てください。「道」と「しるべ」が縁語。

白妙に……　白く美しく雪を吹き上げる吹上浜の風のなか、雪の上につけることが恐れ多い足跡を添えることよ。

いる。

建長二年詩歌をあはせられ侍りし時、江上春望

人とはば見ずとやいはむ玉津島かすむ入江の春のあけぼの

（春上・四一、為氏）

建長二年（一二五〇）仙洞詩歌合での作である。徐々に夜が明けゆく頃に春霞が立ちこめる入り江の玉津島を、もし人に尋ねられたならば、「いや見ませんでした」と答えることにしようか、というものである。都での題詠の作であり、どこまで実体験を投影したものかは判然としないが、自分が見た（という設定の）風景を心の中だけに秘めておこうとすることで、明け方の霞の中の入り江にほのかに浮かぶ玉津島の景観を、より印象的に表現している。この歌は為氏の代表作の一つとなった。

『続後撰集』撰進後にも、為家は玉津島社に参詣し、歌合を行った。『玉津島歌合』である。これは宮内庁書陵部蔵『類聚歌合十二ヶ度』所収の孤本であり、その他の記録から裏付けとなる記事が見出せないため、慎重に扱うべきものではあるが、ひとまず内題によると、弘長三年（一二六三）三月に成立したと見られる

人とはば……　人に聞かれたならば、「見なかった」と言うことにしようか、玉津島の霞んでいる入り江の春の曙を。当初為氏は「見つ」（見た）としていたものを為家が「見ず」（見ていない）に改めたとの伝承がある（『井蛙抄』）。

仙洞詩歌合　後嵯峨院仙洞での催し。本文は散佚。

『類聚歌合十二ヶ度』　宮内庁書陵部蔵（図書番号、五〇一・五五三）。なお、同本には「玉津島歌合」とともに「住吉社歌合」が所収、こちらも「弘長三年三月日」とある。

孤本　他に転写本などはなく、ただ一つだけ伝わった本のこと。

ものである。歌の題は「浜霞」「島春月」「社頭述懐」の三題で、為家▲・為氏・為教▲・源承▲・為顕▲たちや、藤原信実（寂西）▲、津守国助▲、さらには阿仏尼（安嘉門院右衛門佐）▲ら、計二十二名が歌を詠んでいる。かつては為氏が勧進した説もあったが、ここで詠まれた歌が後の勅撰集に入集しており、そこでは、

　人々勧めて、玉津島社にて歌合し侍りけるに、社頭述懐を
　跡たれしもとの誓ひを忘れずは昔にかへれ和歌の浦波▲
（新後撰集・神祇・七五七、為家）

と、為家が人々に勧めてこの歌合を行ったことなどが見えるので、為家主導の催しと見ることが定説となっている。為家の歌は、玉津島に垂迹《すいじゃく》した神に対して、寄せては返す和歌の浦波のように、和歌の道、歌壇も昔に返るようにとの願いを訴えるものである。

この歌合では、「浜霞」題ではほとんどの歌人が吹上浜の春霞の景を、「島春月」題では、ほとんどが玉津島の春の月を詠んでいる。例えば、

　玉津島磯辺の松の木の間よりおぼろにすめる春の夜の月▲
（一一五、為教）

為家　為家はこの頃既に出家して融覚と名乗っていたが、煩雑となるのを避けるため以下も為家で統一する。

為教　一二二七―七九年。為家の子。京極家の祖。子の為兼が『玉葉集』撰者となる。

源承　一二二四―没年未詳。為家の子。歌学書『源承和歌口伝』を著した。

為顕　生没年未詳（一二四二年頃生か）。為家の子。

藤原信実（寂西）　生没年未詳（一一七七頃―一二六五頃）。藤原隆信の子。定家没後の為家を支援した。

津守国助　一二四二―九九年。津守国平の子。住吉社神主。娘が為氏息の為世の室となった。

阿仏尼（安嘉門院右衛門佐）　生年未詳（一二二五頃か）―一二八三年。父は平度繁。晩年の為家の妻となり、為相らを産んだ。

跡たれし……　この地に垂迹された、もとの誓いをお忘れでいないのならば、和歌の浦波が寄せてはまた返るように、昔に返ってください。

玉津島……　玉津島の磯辺の松の木の間から、おぼろに澄んで見える春の夜の月よ。

わが道の……　私の和歌の道に光を添えてください、玉津島よ、月は春には朧であったとしても。

和歌の浦や……　和歌の浦は和歌の道を絶えず守りつづけて、それに光を添えてください、玉津島姫よ。

たのむぞよ……　お頼みすることです。曇らない光をそれでもと、心に磨いている玉津島姫よ。

などである。そのなかで為家は、

わが道の光をそへよ玉津島月こそ春はおぼろなりとも▲　（四三、為家）

と、春の月は朧だけれども、玉津島に対して我が歌道に光を添えてくれるようにと祈念している。「社頭述懐」題は、玉津島の社殿の前で自分の心を述べるといった意の題である。為家の歌は先に挙げたものであるが、この他も各々が和歌への思いを詠んでいる。そのなかの二首を見てみよう。

和歌の浦や道をばたえず守りつつ光をそへよ玉津島姫▲　（六〇、源承）
たのむぞよくもらぬかげをさりともと心にみがく玉津島姫▲　（六四、阿仏尼）

これらは玉津島の神である「玉津島姫」に対して和歌の道を守ることを祈るもので、技巧としては「玉」と縁語である「光」や「磨く」などを配している。興味深いのは、個人的に自分の歌道についての願いを詠むものも見られるが、大半がどちらかというと、自分自身ではなく広い意味での和歌の道を守ってくれることを玉津島の神に祈っていることである。

これらの歌が詠まれた背景には、当時の歌壇の情勢が影響していたのだろう。為家は『続後撰集』を撰進した後、正嘉三年（一二五九）に後嵯峨院から再度の勅撰集撰集を下命されていた。しかし、弘長二年（一二六二）には藤原基家・九条行家・真観（葉室光俊）ら四名が撰者に追加されることとなった。真観は行家の父知家とともに、定家に歌を学んでいたのだが、定家没後は為家ら御子左家に反する態度を徐々に鮮明にし、鎌倉幕府将軍宗尊《むねたか》親王の和歌の師ともなっていた。この撰者追加は真観が将軍宗尊親王の威を借りたものとも言われている。『玉津島歌合』にはこのように反対派の動きが活発となるなかで、為家・為氏ら御子左家一門の結束を高め、自派の和歌の道を守ることを玉津島の神に祈る目的があったと見られる。

為家には不本意なところもあったかもしれないが、勅撰集撰集は為家・真観ら五名によって『続古今集』として完成した。そして、その後に宗尊親王は将軍から下ろされることとなり、真観は勢いを失い、御子左家の歌壇における立場は大きく揺らぐことはなかった。

為家の後を継いだ為氏も、玉津島で歌合を行った。こちらは全体の本文は散佚してしまったが、

藤原基家　一二〇三―八〇年。藤原良経の子。内大臣に至る。

九条行家　一二二三―七五年。藤原知家の子。六条藤家の子孫。

真観（葉室光俊）　一二〇三―七六年。光親の子。和歌は定家に学んだ。

知家　一一八二―一二五八年。藤原顕家の子。中宮亮。六条藤家の歌人。藤原定家に師事したが、定家没後は藤原為家の判詞に反論した『蓮性陳状』を著すなど、真観とともに反御子左派の立場をとった。

宗尊親王　一二四二―七四年。後嵯峨天皇の子。第六代征夷大将軍として鎌倉へ迎えられた。

前大納言為氏玉津島社にて歌合し侍りし時、浦月
和歌の浦の浪の下草いかにして月にしらるる名を残さまし
（続拾遺集・雑上・一一一四、定為）

などの勅撰集の詞書によって知ることができる。さらに『勅撰歌集一覧』（神宮文庫蔵）の「続拾遺集」の項によれば、「奏覧の後、撰者住吉・玉津島に参詣す。玉津島に於いては新たに社を造らる」とあり、為氏は撰者となった『続拾遺集』を完成させた後に、住吉社と玉津島に参詣し、玉津島社の新たな社殿を建造したという。かつて、御子左家の危機に祈りの歌を奉納した玉津島は、代々の歌道を守る存在としてますます尊崇されるようになっていたのだろう。

為氏の後の御子左家は為世が継いだ。この頃の歌壇の状況を少し述べておく。為家の没後には彼の子たちがそれぞれ一家を形成し、対立していた。現代の研究では一般に、御子左家嫡流にあたる為氏・為世の家を二条家と称し、庶流の為教・為兼の家を京極家と呼んでいる。また、それぞれの教えを受けた歌人たちを二条派・京極派と呼ぶ。

為世は二条家を継いだ後に、『新後撰集』を撰進するのだが、次は伏見院の信

和歌の浦の……　和歌の浦の波の下の草のような私は、いったいどのようにすれば月に知られる名を残せるのだろうか。自身を歌壇における「浪の下草」にたとえる。「月」は天皇・上皇などを暗示。

為世　一二五〇―一三三八年。藤原（二条）為氏の子。『新後撰集』『続千載集』の撰者。権大納言に至る。

京極為兼　一二五四―一三三二年。藤原（京極）為教の子。『玉葉集』撰者。独自の歌風を形成し京極派和歌を主導した。

伏見院　一二六五―一三一七年。後深草院の子。持明院統。第九十二代天皇。為兼の京極派を支持した。

頼を得た京極為兼が『玉葉集』を撰進し、為兼が失脚した後には、再び為世が『続千載集』を撰進することとなった。こうした京極派との対立のなかで、為世は、一度目の『新後撰集』を奏覧した後に住吉・玉津島に参詣し、二度目の『続千載集』の際には撰進前に玉津島社で歌合を行っている。後者の様子は『増鏡』「秋のみ山」に詳しいので、これを見てみよう。

さて、大納言［二条為世］は人々に歌勧めて、玉津島の社に詣でられけり。大臣・上達部より始めて、歌詠むと思へる限り、この大納言の風を伝へたる▲は漏るる者なし。子供、孫なども勢ひ殊にひびきて下る。先づ住吉へ詣づ。逍遥しつつののしりて、九月には玉津島へ詣でける。歌どもの中に、大納言為世、

今ぞ知る昔にかへる我が道のまことを神も守りけりとは▲

かくて元応二年［一三二〇］四月十九日勅撰は奏せられけり。続千載と言ふなり。

と、『続千載集』撰集を下命された為世が自派の人々を数多引き連れて住吉・玉津島社に詣でたことが見える。京極派との対立を越えて再度の勅撰集撰者となっ

大納言の風を伝へたる　二条為世の門人たちのこと。いわゆる二条派歌人。

今ぞ知る……　今知ることだ、昔に返る我が和歌の道の真実を神も守ってくれたということは。

た為世は、「昔にかへる我が道のまこと」を玉津島の神が守ってくれていたのだ、と感謝の思いを詠んだのである。為世晩年の著である『和歌庭訓』には、

大かた歌は我が国の風俗、神代のことわざなれば、ことに神明の守り給ふ道なり。和歌三首以上披講の所には住吉・玉津島明神影向《ようごう》し給ふゆへに、披講の時は各《おのおの》席を退くなり。道をただしくして偏執あるまじきなり。

とあり、歌会で和歌を披講する際には、住吉・玉津島の神が影向されるので、その際には席を退くのである、と信仰の篤さを示している。玉津島への信仰は水面下において秘伝を形成し、かなり広い層にも伝わっていた模様であるが、歌壇の中心にある二条家の人々がたびたびの危機に歌道の家の存続を祈った守り神としてますます信仰されるものとなっていったのである。

8 玉津島社と新玉津島社

和歌の上での関心の高さに対して、実際の紀伊国の玉津島の社殿はどのようであったのだろうか。為家の時代の例に「玉津島社」と見えるので、社殿は存在し

披講 和歌会などにおいて和歌を詠吟すること。

影向 神仏が仮の姿をとって、この世に来臨すること、または、姿を見せないで現れること。

ていたものと見られる。また、為氏が『続拾遺集』奏覧後に新たな社殿を建造したらしいことは先に触れた。ただし、これについて、『東野州聞書《とうやしゆうききがき》』▲には、

玉津島には社一つもなし。鳥居もなし。ただまんまんたる海のはたに古松一本横たはれり。これを玉津島の垂迹のしるしとするなり。しかるを『続拾遺』の時、為氏卿洛中より御社を作らせて、玉津島に社壇を建つべきよし存ぜられて参詣あり。すなはち彼の所に社壇を建てらる。その夜、荒き浪風立ちて、一夜の中、沙中に埋もれりと云々。それより後は本のごとくにして古松ばかり也。

とある。これによれば、為氏の時代には玉津島には社殿も鳥居もなく、ただ海辺に古い松が一本生えているだけだったが、為氏が『続拾遺集』を撰進した際に社壇を建てさせた。しかし、その夜には荒い波風によって砂に埋もれ、後はもとのように古い松だけとなったという。あくまで後の室町時代の記述であり、誇張も含む伝承であろう。ただし、『勅撰歌集一覧』（神宮文庫本）の「新後撰集」の項には「奏覧の後、撰者、住吉・玉津島に参詣せらると云々。続拾遺の時新造社、沙塵に埋まると云々」（原漢文）とあり、為世が『新後撰集』を奏覧した後に玉

『東野州聞書』　東常縁著。室町時代前期の歌学書。二条派歌人堯孝の説を多く載せる。

津島を参詣した際には、『続拾遺集』の時に為氏が新造した社殿は砂塵に埋もれていたとの記述が見える。海浜付近の社殿は維持管理が難しかったであろうから、これらはある程度は事実を反映したものだったかもしれない。都の歌人たちは玉津島を和歌の神として信仰し、それぞれの祈りを込めた歌の数々を詠んでいた。しかし、その信仰の本拠地であるべき玉津島の社殿は失われ、「古松一本」だけの状態であったとするならば、現実と虚構の甚だしい乖離のように感じられる。

その一方で、歌道の神としての玉津島への関心は、ますます高まったようである。南北朝期には京都内に「新玉津島社」が建てられた。為世の門下随一の歌人であり、二条家衰退後の二条派を支えた頓阿《とんあ》▲は、貞治初年（一三六二）頃に京都の五条烏丸に新玉津島社を勧請▲した。当初の新玉津島社は簡素なものだったらしいが、貞治六年（一三六七）に将軍足利義詮《あしかがよしあきら》▲によって社殿が新造され、同年三月には義詮主催で『新玉津島社歌合』が行われた。この歌合は「浦霞」「尋花」「神祇」の三題で、二条良基▲や頓阿ほか、六十六名の歌人が作者となった大規模なものであった。このうちの「浦霞」題では、

紀の海や波も霞も立ちまよひ空に吹上の春の浦風▲
（一、二条良基）

頓阿　一二八九—一三七二年。二階堂氏。俗名貞宗。為世門下の二条派歌人として活躍。『新千載集』撰者二条為定を補助し、『新拾遺集』では中途で没した撰者二条為明の後を受けてこれを完成させた。

勧請　神の分身、分霊を他の地に遷して祀ること。

足利義詮　一三三〇—六七年。足利尊氏の子で、室町幕府第二代将軍。

二条良基　一三二〇—八八年。道平の子。南北朝時代は北朝に仕え、太政大臣に至り、摂政関白を歴任した。

紀の海や……　紀伊の海は、波も立ち霞も立って漂い、空に吹き上げる、吹上浜の春の浦風よ。

のように「紀の海」や「吹上」を詠んだ作や、

和歌の浦や風をさまれる御代なれば幾重霞も立ちわたるらむ▲ (三、実俊)

和歌の浦や満ちくる潮は見えわかで霞の間より波ぞいさよふ▲ (一六、為秀)

など、霞の立ちこめる和歌の浦を詠んだ作が多い。この題で和歌の浦を詠んだものは三十首を超えている。玉津島の神を勧請したことからの連想で、和歌の浦を詠むことに偏ったのであろう。歌人によっては他の歌枕である明石潟や住吉などを詠むことで、和歌の浦に集中しすぎないように配慮していたような様子も窺えるほどである。その一方で、「尋花」題では、「花」の連想から吉野を詠む例が見られるのに対して、和歌の浦・玉津島を詠む例は見られない。和歌の浦・玉津島はこれまでさほど花との関わりで詠まれてはいないことが一因であろう。そして、「神祇」題では当然ながらほとんどが玉津島あるいは玉津島姫を詠んでいる。それらのなかには、

玉津島もとの光にまさるらし都にうつす神の宮居は▲ (一三六、師良)

和歌の浦や風…… 和歌の浦は、風も穏やかに治まっている御代なので、いったい幾重の霞が立ちわたっていることだろうか。当代の治世を「風をさまれる御代」と祝賀する。

和歌の浦や満ち…… 和歌の浦は満ちてくる潮も見分けることができないで、霞の間から波がただよっているのが見えることだ。

玉津島…… 玉津島はもとからの光にもまさるだろう。今都に遷す神の宮居は。「宮居」は神の鎮座する所で、ここでは新玉津島社を指す。

のように、都に玉津島の神を勧請したことを踏まえて、もとの玉津島よりも都の新社の光がまさるだろうと祝賀するものや、

神もさぞ光を添へむ玉津島あらたにみがく時を待ち得て▲　（一四七、義詮）

など、新玉津島社を新造した意を含んで詠まれた歌などもある。興味深いものとしては、

うづもるる宮居はここにあらはれて光も添ひぬ玉津島姫▲　（一六二、為遠）

がある。ここで「うづもるる宮居」としたのは、当時の紀伊国の玉津島社が埋もれた状態にあり、それを念頭に詠んだと考えてよいかもしれない。その一方で、単に玉津島・玉津島姫を詠んだ作も少なくない。例えば、頓阿は、

目に見えぬ神のあはれむ道を猶わきてぞ守る玉津島姫▲　（一六六、頓阿）

のように、和歌の道を守る玉津島姫を讃える歌を詠んでいる。この他、

神もさぞ……　神もきっと光を添えることだろう、玉津島よ。新たに磨く時を待つことができて。

うづもるる……　埋もれていた宮居はここに顕れて、一層光も添うことだ、玉津島姫よ。

目に見えぬ……　目には見えない神があわれと思ってくれる和歌の道をとりわけ守ってくださる玉津島姫よ。

和歌の浦や波の白木綿代々かけて我が道守る玉津島姫　（一五五、実名）

和歌の浦にあとたれしより代々をへて光ぞまさる玉津島姫　（一七〇、経定女）

など、あるいは歌人の力量の問題もあったのかもしれないが、新造社のことは作中に反映させずに、玉津島姫を詠み、和歌の浦に歌道の意を含ませたものも少なくない。これらは詠みぶりとしては、紀伊国の玉津島を詠んだものと同様に「光」「磨く」などを関わらせるものであり、一見すると、紀伊国玉津島社のほうを詠んだものと区別のつかない作である。

新玉津島社はその後も頓阿の後継となる二条派常光院流に受け継がれ、足利将軍家に庇護されてゆく。しかし、紀伊国玉津島社も時に注目されることがあった。室町幕府六代将軍足利義教が、およそ半世紀ぶりに勅撰集撰集を企画した際のことである。『看聞日記』（原漢文）によれば、勅撰集の撰集が長らく途絶えていたので、その再興の是非が問題となり、住吉・玉津島社で籤引きをして神慮を問うこととなり、紀伊国玉津島社へは堯孝が詣でることとなった。そして両所ともに「撰有るべし」との神託を得て、『新続古今集』の撰進が決定したのである。この『新続古今集』には、先の『新玉津島社歌合』での作が八首も採られることとな

足利義教　一三九四―一四四一年。三代将軍義満の子。もと青蓮院門跡であったが、籤引きにより将軍後継者に指名された。

『看聞日記』　後崇光院貞成親王の日記。

堯孝　一三九一―一四五五年。堯尋の子。頓阿の曾孫。二条派常光院流。『新続古今集』撰進の際の和歌所開闔。

堯憲　一四四三?—没年未詳。堯孝没後に常光院の跡を継ぐため養子となる。

七本の……　七本の松を姿としている神の垣根に、君の悠久をなお祈ることだ。「君」は一般には時の上皇・天皇を指す。あるいはここでは玉津島の神を言うか。

った。さらには足利義教主催の新玉津島での歌合も催され、これも多くの歌が入集した。

なお、堯孝と玉津島社については、堯孝没後に常光院流を継承した堯憲の『和歌深秘抄』に次のような伝承が見える。

> 和歌吹上一所なり。然《しかる》に荒磯にて社頭たち難し。「社頭祝」と云ふ題にて、堯孝法印歌に、
>
> 七本《ななもと》の松を姿の神垣に君が八千世を猶ぞ祈らむ
>
> この歌、玉津島のよし承り畢んぬ。玉津島は荒磯にて更に社頭たち得ず。この七本の松を社頭に用ゐて、参詣の輩は短尺など彼松の枝にかけ侍りける。さる歌人参らせたりしに、短尺を風吹て海中へ［　　］とりみれば、海中に鳥居なども見え侍りけりと申し伝へけり。当社神秘也。

欠脱もあり、文意が解し難いところもあるが、堯孝が「社頭祝」の題で詠んだ歌の解説である。玉津島は荒磯なので、社殿を建てることが不可能であり、七本の松を社殿の代わりとし、参詣者はその松に短冊などを掛けていたという。おそらく和歌を詠んだ短冊であろう。さらに、ある歌人が参詣した際には短冊が風に吹

かれて海に入ったので、拾ってみると海の中に鳥居が見えたとの伝聞も記している。この歌は他の同時代資料には見出すことができず、本当に尭孝が玉津島に参詣した際に詠んだものかは判然としないが、室町時代における玉津島社の様子を窺う上では興味深い記事である。

9　中世後期における和歌の浦・玉津島への旅

中世の和歌の浦と玉津島の実態は果たしてどのようであったのだろうか。鎌倉初期の後鳥羽院の熊野御幸に関連する記事は先に見たとおりであるが、これらには和歌の浦・玉津島への直接的な言及は見られなかった。ここからは、その後の散文学作品や古記録類を見てみることにしたい。中世には高野山や熊野への参詣がいっそう盛んになったことは既に多くの指摘がある。しかし、そうした現実の旅の増加に比べると、和歌の浦・玉津島の実態についての言及は質・量ともにさほど多くはない。

和歌以外の文学作品に目を向けてみると、『平家物語』の中で、平維盛が屋島の平家の陣から離脱して、高野山へ向かう場面の道行き文の中に吹上・和歌の浦・玉津島が登場する。歴史上では寿永三年（一一八四）のことである。『平家物

平維盛　生没年未詳。重盛の子。清盛の孫。源氏追討軍の総大将としてたびたび派遣されるが、惨敗を重ねる。平家一門都落ちの後の寿永三年年（一一八四）二月に屋島から離脱した。

道行き文　軍記物語・謡曲などで、旅の道筋の地名や光景・旅情を韻律を重視して述べた文。縁語、序詞、掛詞などを用いた技巧的な文章が多い。

延慶本『平家物語』 延慶二年・同三年（一三〇九・一三一〇）の奥書を有する、現存諸本中最古の『平家物語』。

覚一本系『平家物語』 覚一検校が晩年に整備した『平家物語』。現在一般に最も広く読まれている。応安四年（一三七一）三月十五日の奥書を有する。

『源平盛衰記』 『平家物語』の異本の一種とされる。源平の争乱を中心とするが、関連説話や異説や伝承などの増補が多い。編者・成立年代ともに未詳。

語』は源平の争乱を中心とするものであり、早くから人々に語られたものであったが、語り継がれ文字化されるなかで増補改訂が重ねられ、多数の系統の『平家物語』が成立した。それらのなかでは、鎌倉末期の延慶本『平家物語』が最も古いとされる。延慶本『平家物語』の該当部分（巻五末）には、「阿波国伊吹《ゆき》浦より鳴門の澳《おき》を漕ぎ渡り、白浦《しららのうら》、吹上、和歌浦、玉津嶋の明神、日前国懸《ひのくまくにかかす》の社をば、只《ただ》其れとのみ伏し拝み、紀伊国由良湊《ゆらのみなと》と云ふ所へ付き給ふ」とあり、吹上・和歌浦・玉津島の明神がセットで登場している。時代の下った覚一本系『平家物語』巻第十「横笛」では、「阿波国結城の浦より小舟に乗り、鳴門浦を漕ぎとほり、紀伊路へおもむき給ひけり。和歌・吹上・衣通姫の神とあらはれ給へる玉津島の明神、日前・国懸の御前を過ぎて紀伊の湊にこそつき給へ」とあり、こちらも同様に道行き文で「和歌」「吹上」「玉津島」の順に記されており、さらに衣通姫が玉津島明神であることも述べられている。また、『源平盛衰記』巻三十九では、

彼の和歌浦と申すは、衣通姫の居を卜《し》め、山の岩松、磯うつ浪、沖の釣船、月の影、しららの浜の真砂に、吹上の浦の浜千鳥、日前国懸の古木の森、面白かりける名所哉。されば衣通姫、玉津島明神と彰《あらは》れてこの所に住み給へり。理《ことわり》なりとぞ思召《おぼしめ》す。

とこちらも衣通姫が玉津島明神として顕れたことが述べられている。以上のように詞章に変化はあるが、この三所がセットで記される点は共通している。また、覚一本系・『源平盛衰記』では玉津島の神が衣通姫であることも述べられている。こうした認識がどの時点で成立したものかは確定はしがたいが、少なくとも鎌倉末から南北朝期にかけて定着していったことは確かであろう。玉津島への信仰は歌論や説話にも見えたが、吹上・和歌の浦・玉津島の三所の存在が道行き文として語られたことによって、より多くの層にも広まったと見てよいだろう。

『太平記』▲巻五においても、難を逃れて身を隠している大塔宮護良親王《だいとうのみやもりよし》▲が熊野へ向かう場面で、「由良の戸わたる湊舟《みなとぶね》、浮き沈みさへ哀れにて、白浪・吹上・玉津島、日前国懸《にちぜんこくけん》伏し拝み、旅衣きの関守もむつかしく、芦屋の灘《なだ》・和歌の浦、幾重ともなき浜木綿《はまゆふ》を、かけてその名も憑《たの》もしき、切目《きりめ》の王子にぞ着かせ給ひける」とあり、「和歌の浦」は「浜木綿」との詞の縁の続きを活かすために少し後に記されているものの、「吹上」「玉津島」から続いた文となっており、やはりひとまとまりで定着していた様子が見てとれる。こうした道行き文は、高野詣・熊野詣が盛んに行われ、道中の名所としてより広く認識されるようになったことも背景にあると思われる。ただし、これらはあくまで名所としての列挙であり、景

『太平記』 軍記物語。四十巻。作者は小島法師の伝があるが未詳。応安年間（一三六八—七五）の成立か。鎌倉末期文保二年（一三一八）から南北朝期正平二十二年（一三六七）までの動乱を描く。

護良親王 一三〇八—三五年。後醍醐天皇の子。天台座主となるが、還俗して父後醍醐天皇に協力し、鎌倉幕府打倒の中心人物として戦った。

観の描写は見られない。

また、鎌倉末期には、本願寺覚如▲が玉津島に歌を奉納したことが『慕帰絵詞』▲（巻七）に見える。これを見てみよう。

何の年記といふ事はいとさだかならず。数奇のあまりに催されて、かたへの人などにさそはれ、伴《とも》にもおよばず、ただ一身都邑を出、鴑《ど》駘《たい》▲に鞭《むちうち》て紀州玉津嶋明神にまいりて、先《まづ》法施をささげて後に詠吟にをよびける独十首の和語とてきき侍し其《その》中に、吹上浜といふ題にて、

またや見む忘れもやらぬ浦風の吹上の瀬戸の秋の面影▲

和歌浦

わすれじなわかの浦波立ちかへり心をよせし玉津島姫▲

と玉津島姫と和歌の浦を詠む歌が見える。また、和歌の浦の絵も載せられている（図15）。この絵は室町時代の補写ではあるが、和歌の浦の景観を描いた年次の確かなものとして貴重である。和歌の浦が見物の人々で賑わう様や波などが精緻に描かれている。ただし、和歌の浦・玉津島の実態を探る手がかりとなるかというと、浜辺と海などの一般的な景観が描写されている程度で、参考となるところは

覚如　一二七〇―一三五一年。本願寺第三世。覚恵の子。親鸞の曾孫。

『慕帰絵詞』　原本は観応二年（一三五一）頃の作。本願寺第三世法主覚如上人の帰寂を慕って描かれた。ただし、第一・七巻は原本が紛失し、文明一四年（一四八二）に詞書飛鳥井雅康（ただし別筆説もあり）、絵藤原久信が補作したものとされる。

鴑駘　鈍い馬。駄馬。

またや見む……　再び見ることがあるだろうか、忘れることもできない、浦風が吹き上げる吹上の狭い海峡の秋の面影を。「吹上の瀬戸」を詠む例は珍しい。

わすれじな……　わすれないことだよ、和歌の浦の波が幾度も立ち返るように心を寄せた玉津島姫を。

何乃年記といふ事ハいとほ ゝ
か程す敦寺よめまゝ催さ程て
弟ゝ人をみちそくれ伴ひ
ふよにふ侮一身都ゞと忠驚路
ゞ報ゞ紀州玉津鴻明神ふゝ
いちて先注筵をさけて塚ょ詠
吟にとふ辛ゞ独十皆乃祀語
こて歩乃絵一言中に吹上濵とふ

題ゝゝゝ

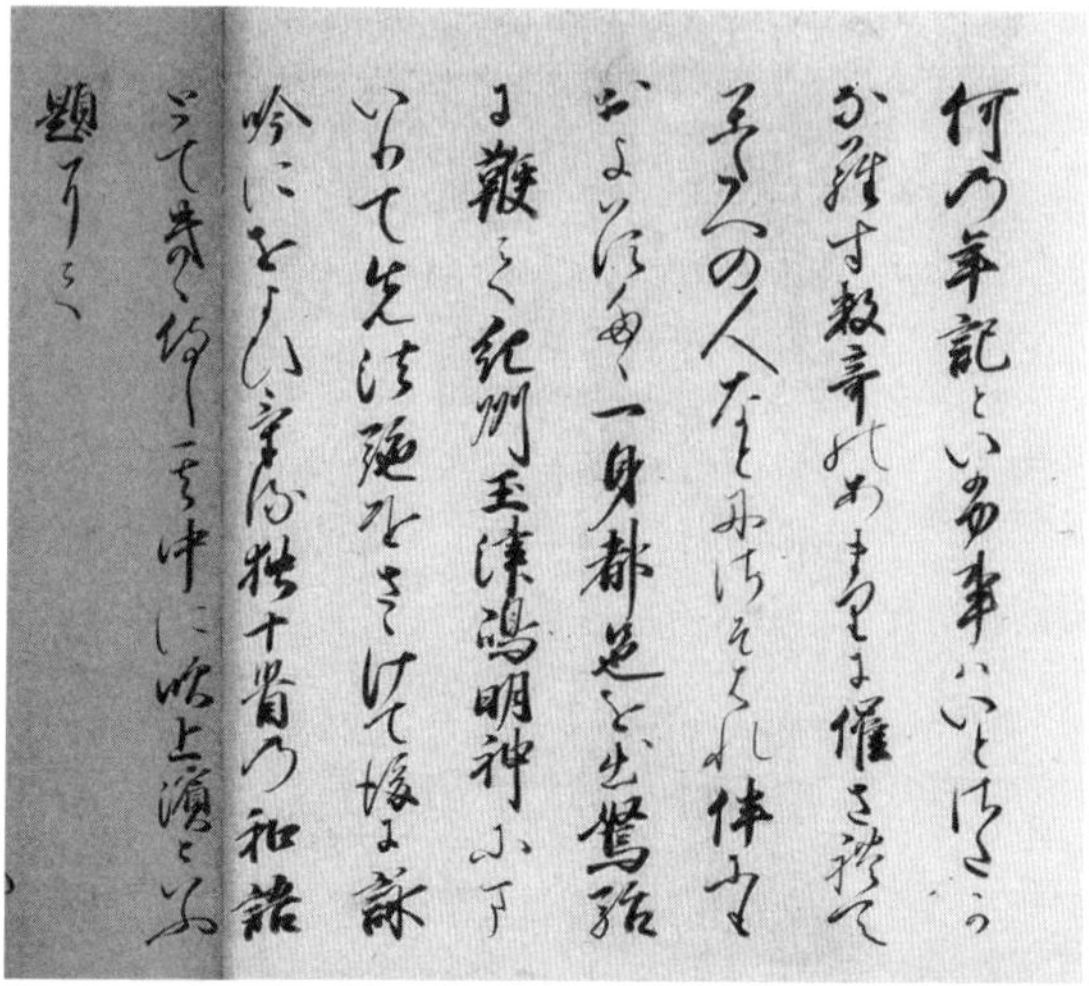

図15 『慕帰絵詞』

見出しがたい。

次に室町時代の記録類を見てみよう。『熊野詣日記』は京都住心院実意が応永三十四年（一四二七）に、足利義満の側室北野殿らの熊野参詣に同行した際の記録である。これによると、一行は、九月十八日に都を発し、二十一日に天王寺・住吉に参詣し、二十三日に和歌の浦を見ている。

廿三日、小雨、藤代峠にて片箱進上、守護方より御樽折済々まいる。この所の眺望いまさらならねども、まことに金岡が筆も及ばざりけんことわりなり。和歌・吹上・玉津島御目の前に見えたり。清水の浦はこの山続きの麓なり。こまやかなる風情、絵にも描き留めがたし。御目離《か》れせぬ浦々、嶋々の景色なり。あまりに時移れば御立あり。御昼なし。

とある。玉津島参詣はなかったようだが、藤代峠から和歌の浦・吹上・玉津島を眺望し、伝説的な絵師巨勢金岡《こせのかなおか》でさえも描くことができなかったのもなるほどもっともだと賛嘆している。平安期の記録類には、和歌の浦・吹上浜がともに記されたものはあったが、ここでは玉津島も併せて記されており、先に見た軍記物語の道行き文に通じるものがある。

足利義満　一三五八―一四〇八年。義詮の子。室町幕府第三代将軍。

巨勢金岡　生没年未詳。平安前期、九世紀後半を代表する絵師。

描くことができなかった　巨勢金岡がこの地の景観を描くことができずに筆を捨てたという、いわゆる「筆捨の松」の伝承。説経節『しんとく丸』に「藤白峠に着きしかば、とある所に腰を掛け、熊野参りのその中に、四方の景色を筆に写さんとせしけれども、心の絵にも写しかね、筆捨てにより、筆捨て松とは申せども」とあり、『紀伊続風土記』などにも記載されている。

室町時代の歌人のなかには和歌の浦・玉津島へと旅をし、和歌を詠んだ者もわずかだが見出せる。冷泉流の個性派歌人として知られる正徹《しょうてつ》の家集『草根集』には「永享十一年八月二十二日、人々ともなひて玉津島へ参りて」（二二八）とする歌群があり、正徹は永享十一年（一四三九）に玉津島に参詣し、十首の法楽和歌を詠んでいる。その一首目は、

うれしくも六十《むそぢ》の潮の満ちぬまにさやかに見つる玉津島かな　（二二九〇）

と玉津島を見た喜びを詠んでいる。この他の歌の多くは、歌道への思いを関わらせる点で、これまでに見てきたような題詠で玉津島を詠んだものと大きな隔たりはない。たとえば、

隔つなよ道にぞまよふいたづらに老とはならぬ和歌の浦波　（二二九六）

などは、「老」と「若」を対としつつ、和歌の道に迷う我が身を詠むもので、これまでの詠みぶりを踏襲したものと言えるだろう。しかしながら、

正徹　一三八一—一四五九年。今川了俊に和歌を学んだ冷泉流歌人。将軍足利義教に忌避され、永享十一年六月に完成した『新続古今集』には一首も入集されなかった。

法楽和歌　神に歌を奉納して加護を祈念するために詠む和歌。

うれしくも……　嬉しいことにも、潮が満ちないではないが、六十歳に満たないうちに、はっきりと見ることができた玉津島だなあ。「満ちぬ」と「見つる」が対。

隔つなよ……　隔てないでくれ、私は道に迷うことだ。ただ空しく老いとはならないという若、ではなくて和歌の浦波よ。

さして行く田鶴《たづ》も芦辺もなかりけり潟を浪越す潮はあれども（一二九五）

は、赤人の歌を踏まえたものであるが、そこに詠まれた「田鶴」も「芦辺」もなく、干潟を越えて来る波だけがあるという寂寞とした景を詠むもので、異色である。この歌は一首の組み立てとしては定家の「見渡せば花も紅葉もなかりけり浦の苫屋の秋の夕暮」（新古今集・秋上・三六三）を念頭に置いたと見られるもので、鶴も芦辺もなく波だけが打ち寄せる景は、自身の歌壇における不遇への嘆きを暗示したものとも解される。したがって、実際の景観をそのまま詠んだと考えるには慎重を期すべきであろうが、彼の見た和歌の浦の実景と、赤人が詠んだ風景との隔たりへの感慨も含んだ作と解することもできるだろう。この他、

松うづむ真砂は山もさだまらずたえず吹上の風にまかせて（一二九七）

なども、実際に彼が目にした景観を描いた作と見ることもできるかもしれない。

また、正徹に和歌を学んだ心敬は、そもそも紀伊国名草郡出身の人ではあるが、寛正四年（一四六三）春に紀州を巡り、紀伊国名草郡田井庄宮に参籠中に、

さして行く…… 目指して行く鶴も芦辺もないことだ。干潟を波が越える潮はあるけれども。

松うづむ…… 松も埋める砂で、砂山も形が定まらない。絶えず砂を吹き上げる、吹上の風にまかせていて。

心敬 一四〇六―七五年。正徹に和歌を学ぶ。宗祇の連歌の師。

今日はきて手に取るばかりかすむにも筆をぞ捨つる和歌の浦波

（心敬集・九七）

と、霞の立ち渡る和歌の浦の景を描こうとするも描けない心を詠んでいる。この歌にも実景を前にした思いが込められていたと見てもよいだろう。

数多の歌人が長きにわたって詠んだ数々の題詠歌からすると、いたって例外的ではあるが、これらのように歌人によっては現地へと赴き、その地での実感を反映させて詠んだと解せる歌もある。ただし、その場合においても、和歌の浦では「田鶴」「芦辺」「霞」、吹上では風が吹き上げる様など、これまでの伝統的な詠みぶりが踏まえられていた。

古記録類では、『厳助往年記』に、厳助が大永三年（一五二三）閏三月三日に高野山に参詣した後、各地を見物した記事があり、「閏三月三日、高野参詣、僧正御坊御同道、住吉・天王寺・和歌・吹上・玉津島・藤代・紀三井寺・吉野・多武峰等見物也」と、ここでも和歌の浦・吹上浜・玉津島が並べて書かれている。細かい記述はないのだが、この三所が一つのセットの名所として意識されていたことは知られる。

今日はきて…… 今日はこうしてやって来て、手に取れるほどに霞が立ちこめているけれども、それを描こうとする筆を捨てることだ、和歌の浦波に。和歌の浦の霞の絶景を描くことができない心を詠む。金岡の筆捨ての伝承（九三頁）を踏まえたのであろう。

歌人によっては 飛鳥井雅永も和歌の浦に赴いている。ただし、和歌は詠まれてはいない。

『厳助往年記』 醍醐寺理性院第十八代院主厳助の日記。

三条西実隆　一四五五―一五三七年。公保の子。内大臣に至る。

その一方で興味深い記事がある。室町後期の歌壇の中心人物であった三条西実隆▲は大永四年（一五二四）四月十九日に京を出発し高野山に参詣したのだが、その帰路に和歌の浦見物を断っている。実隆はこの高野山参詣に関して『高野詣真名記』『高野参詣日記』の二つの記録を残しているので、これらを見てみよう。旅程の概要は『高野詣真名記』によれば、往路は天王寺・住吉社や根来《ねごろ》（実相院）・粉河施音寺などを経て高野山一心院奥坊に参詣し、帰路は根来（十輪院）に寄り、堺（光明院）・住吉などを経て戻っている。帰路の二十五日に、実隆は根来十輪院に宿泊したのだが、翌二十六日の『高野参詣日記』を見ると、

二十六日、今しばしも留まりて、これより和歌・吹上も見侍れかし、そのしるべ侍れば、人走らせて申し侍べし。また連歌も一座、など、さまざま留め申せしかども、えさらぬこととて立ち出で侍るほど〔後略〕

と、十輪院の者が実隆のさらなる逗留を望んで、和歌の浦・吹上の観光を勧め、道中の案内を「人走らせて」まで準備しようとするなど、さまざまに引き留めたのだが、実隆は断って帰路についた。このように人々が勧めたということからは、和歌の浦・吹上浜が当地の観光名所として定着していた様子を窺うことができる

のだが、実隆はそれに応じなかったのである。実隆は帰路に他所に立ち寄ったりしているので、諸々の予定を優先したためと見られるが、それにしても和歌の浦を見ることに関心がなかったのであろうか。

10　歌人と歌枕

言うまでもないが、実隆も当然和歌の浦のことは知っていた。彼の家集『再昌草』や『雪玉集』のなかには、彼が和歌の浦を詠んだ歌が数多く収められている。この大永四年以前に詠んだものをいくつか挙げてみよう。

鶴

和歌の浦今ぞをさまる時つ風芦辺の田鶴も声のどかにて▲　（再昌草・一〇二四）

海路眺望

ながめきてしのぶにかへる道もあれな心をよする和歌の浦波▲　（再昌草・一三三九）

この他も、いずれも和歌の意味を含んで「和歌の浦」を詠むものである。当時の

和歌の浦……　和歌の浦の今まさに治まっている世の時にふさわしい風が吹くことだ、芦辺にいる鶴の声ものどかにして。永正四年（一五〇七）の作。

ながめきて……　眺めて来て、懐かしむところに帰る道もあってほしいものだ、私が心を寄せる和歌の浦波よ。「かへる」と「波」が縁語。永正五年（一五〇八）の作。

一流歌人である彼は「和歌の浦」をどのように詠むべきかは当然知悉していたのである。なお、これらは題詠が大半であり、その他も都での贈答歌である。

現代の我々の感覚からすると、それ以前には「心をよする和歌の浦波」と詠んだ場所のすぐ近くまでせっかく来ていて、さらに案内までしてくれるというのに、断るという彼の態度はいささか不思議に思われる。しかし、先に見た定家の態度と同じように、おそらくそれが彼ら歌人たちにとっての歌枕というものであったのだろう。極論を言ってしまうと、彼らにとって歌枕とは、古来どのように歌に詠まれてきたのか、そして今自分がどのように歌に詠むべきなのかが重要であった。もちろん個人差もあるのだろうが、定家や実隆は、それが現在どのような風景なのかにはさほど大きな意味を感じてはいなかったのだろう。

参考として、先に和歌の浦を訪れていた正徹の『正徹物語』に次のような記述がある。

人が「吉野山はいづれの国ぞ」と尋ね侍らば、「ただ花には吉野山、紅葉には立田を詠むべきことと思ひ付けて詠み侍るばかりにて、伊勢の国やらん、日向の国やら知らず」と答へ侍るべきなり。いづれの国といふ才覚は、覚えて用なきことなり。覚えんとせねども、おのづから覚えらるれば、吉野は大

吉野山　奈良県吉野郡。特に平安後期から花の名所として詠まれた。

立田　竜田。奈良県生駒郡斑鳩町・三郷町。紅葉の名所として古来歌に詠まれた。

（二五）

和と知るなり。

吉野がどこの国であるかと人に質問されたならば、花ならば吉野山、紅葉ならば立田を詠むべきと思って歌を詠むだけで、それが伊勢国（現三重県）か日向国（現宮崎県）かは知らないと答えるべきだと言うのである。これは『正徹物語』前段の「歌詠みは才覚をおぼゆべからず。ただ歌の心をよく心得て解了あるがよきなり」に続くもので、歌学上の知識である「才覚」よりも、「歌の心」を重視すべきであるとの流れからの言であり、最後には自然と「吉野は大和」と知ることになる、と述べてもいるので、現実の場所を完全に無視していたわけではない。とはいえ、この正徹の論はいささか極端ではあるが、歌人たちが歌枕に対して、現実的な場所よりも、どのように詠むべきかを重視していたということを知る参考とはなるだろう。

これを踏まえると、正徹や心敬、さらに遡れば為家・為氏たちがなぜ和歌の浦を訪れたのかは、改めて興味深い問題である。和歌の浦・玉津島の場合は、歌道の象徴として信仰される存在でもあり、それゆえに、歌人によっては直接現地を訪れ、歌を奉納したいと願う者もあった。ただし、そこで現実の風景が詠まれたか、というと、そのように解することもできる歌もわずかには見出せるが、ほとんどが都の歌人の題詠歌と違いが見出せない、和歌への思いを詠んだ歌であった。歌枕でありながら、信仰の対象でもあり、訪れることも不可能ではなく、しかし、そこで詠まれる歌はやはり歌枕としての観念の枠内のものであった。これらの点が、和歌の浦・玉津島の特徴であった。

11 和歌の浦の地形の変化

これまで述べたように、実際の景観を見ていようといまいと、彼らが詠む和歌の浦と玉津島は、実景がそのまま描写されるということはほとんどないものであった。また散文作品や古記録にもこれらの地は登場しているが、それらの記述から実際の景観を探ろうとする場合、ほとんど手がかりとなるものは見出しがたいものであった。彼らが見た和歌の浦の風景はどのようなものであったのだろうか。歴史地理学の成果を参考にしつつ、和歌の浦周辺の地形の変化を考えておきたい。

和歌の浦周辺は紀ノ川が運んだ砂堆地域であり、河口近くの常として地形の変動が激しかったらしい。第一章で述べたように『万葉集』の時代においては紀ノ川はそのまま和歌の浦に繋がり、玉津島は満潮時には海上に点々と連なる島々となっていたとされている。しかし、十一世紀末から十二世紀初頭には紀ノ川は洪

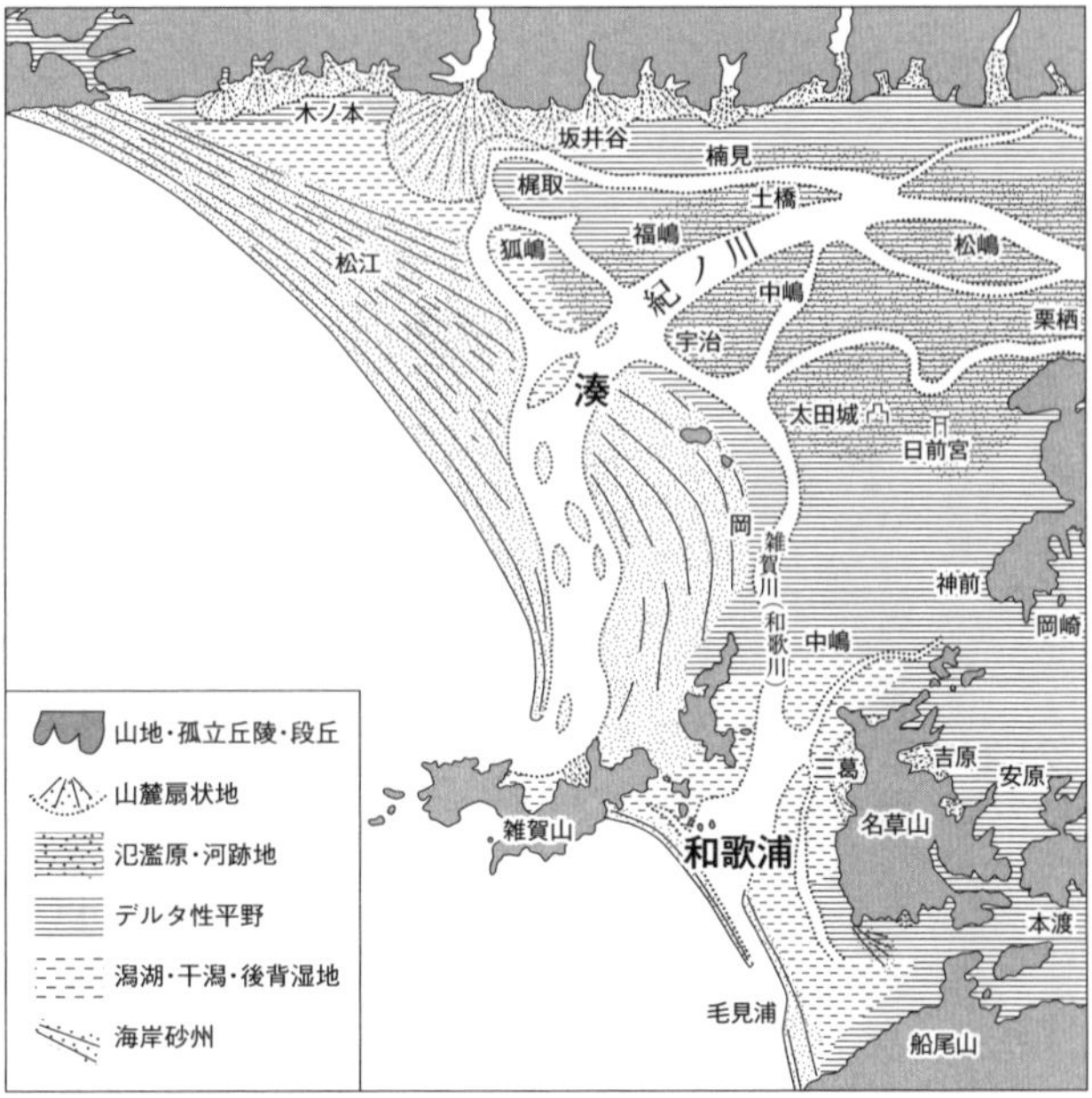

図16　平安期11世紀頃の和歌の浦（出典は17頁図4に同じ）

水によって砂州を破壊し、新たに海に注ぐ流れを作ったものと推測されている（図16）。

さらに時代が下った明応七年（一四九八）八月二十五日には大地震と津波もあった。この時の地震において、紀ノ川河口に栄えていた和田浦鵜ノ島地域が潰滅し、湊地区に寺社や住民が移住したことが調査によって明らかになっている。▲先に挙げた厳助が和歌の浦を見たのは大永三年（一五二三）のことであった。詳しい記述がないことが残念であるが、果たして厳助が見た和歌の浦は、それ以前と同じものだったのだろうか。そして、三条西実隆が誘われながら和歌の浦を見なかったのはその翌年の大永四年のことであった。あるいは、和歌の浦に赴かなかったことも、これらの事象と何か関わりがあったのかもしれない。いずれにしても、紀ノ川河口が現在のようになった時代は明確ではないものの、明応年間（一四九二―一五〇一）から寛永年間（一六二四―四四）の間であったと推定されている。また、これもいつのことかは確定しがたいが、砂の堆積などによって、かつて海上に連なっていた玉津島

この時の……　矢田俊文「明応七年紀州における地震津波と和田浦」（『和歌山地方史研究』二一号、一九九一年）。

も地続きのものとなっていた。

以上のように、不明な点が多いのだが、紀ノ川の流路や、玉津島の景観などは徐々に現代に近いものへと変化していったことは間違いないだろう。それぞれの時代の人々が見ていた和歌の浦・玉津島は、既に山部赤人が歌に詠んだものとは多かれ少なかれ異なっていたと見てよい。中世初頭においてはさほど記録上で描写されず、定家が「興なきにあらず」と記したことを思うと、あるいはその頃には、感動するまでの景観ではなかった可能性もある。しかし、室町期にあってはその景観を讃えた記録もあったわけで、著者によっては美しいと感じる土地だったと見ることもできるだろう。ただし、中世の記録は、既に和歌に豊富に詠まれてきた和歌の浦・吹上浜・玉津島の、虚構ではあるが幻想的な美が旅する人々の脳裏にあり、それが投影されていた可能性も否定できない。

また、中世の人々がさほどの感動を記さなかったのは、彼らの旅の経路の変化も一因かもしれない。奈良時代の人々にとっては、和歌の浦は川を下って最初に目の前に開ける海であった。それに対して、平安京が都となった後に旅した人々は、京都を出発してから既に四天王寺・住吉社のすぐ近くで難波の海を眺め、そこからほぼ海沿いに南下して和歌の浦に至っている。現代人の感覚で彼らを考えることには慎重を期すべきではあるが、初めて目の前に海が開けた感動はおそらくそう変わることはないだろう。そして、また、初めは感動しておきながら、ずっと海辺を行くうちにその新鮮味が薄れてしまうことも、同じだったのではないだろうか。

四 戦国末期から近世の和歌の浦・玉津島

1 豊臣秀吉と和歌の浦

戦国時代末期、和歌の浦・玉津島を含む地域は雑賀衆《さいかしゅう》の根拠地であり、彼らは織田信長に激しく抵抗した。信長が天正五年（一五七七）に紀州へ侵攻した際には、玉津島社の神体は高松村に難を避けるということがあったという。信長の紀州攻めは失敗に終わったが、信長の後継者となった羽柴秀吉は天正十三年（一五八五）に大軍を率いて和泉・紀伊国へ侵攻し、各城を次々に攻略、根来・雑賀衆の立て籠もった太田城を水攻めした。太田城の水攻めは三月下旬頃から始まり、四月二十三日に落城したのだが、その包囲中に秀吉は悠々と和歌の浦・玉津島・紀三井寺を遊覧している。この攻略戦に同行した大村由己の『紀州御発向』（原漢文）にこのことが見える。それを見ると、

雑賀衆 紀州鷺森御坊を中心に結束した本願寺門徒。

太田城 現和歌山市太田。

大村由己 生年未詳—一五九六年。豊臣秀吉の御伽《おとぎ》衆。その文才により秀吉に重用され、右筆をつとめ、和歌の代作なども行った。

卯月の初め、内府御陣廻りの次《ついで》、和歌の浦・玉津島参詣有り。一首御詠歌、
うち出て玉津島よりながむればみどり立ちそふ布引《ぬのびき》の松
彼の浦の布引の松、由緒有るや。是れ正風体の佳作なり。各々之を吟味す。

とある。玉津島から眺めると布引の松が見えた、という、古代の国見歌《くにみうた》を思わせるような大らかな歌を秀吉は詠んでいる。由己は「正風体」「佳作」と賞賛し、追従した者たちがこれを「吟味」したという。布引は現在の和歌山県和歌山市、紀三井寺近くに地名があり、確かに玉津島から眺められる位置にある。近世の『和歌浦物語』にも紀三井寺近くに布引があることが見える。ただし、由己が「布引の松」は何か由緒があるのだろうか、と疑問調で述べているように、古歌を見渡しても、玉津島や和歌の浦において詠まれた例は見出せない。何かの典拠があったのか、あるいは秀吉が見た景をそのように詠んだものか不明と言わざるを得ない。いずれにしても、この土地の新たな支配者として、秀吉は和歌の浦・玉津島を遊覧し、それを歌に詠んだことは確かである。

なお、同記には秀吉が「岡山」の地に城（当初の和歌山城）を普請したことに関して、その城地の四方のことを「南は和歌浦、西は吹上浜、東より紀川、北は紀港に流れ入る」と記している。これによるならば、既に戦国末期には紀ノ川の

内府　内大臣のこと。秀吉を指す。

うち出て……　漕ぎ出して玉津島から眺めると、緑が立ちそっている布引の松が見えることだ。

国見歌　天皇が山に登って国のあり様を望見して詠む歌。

本流は城（現和歌山城の地）の北部を通って海に流れ込み、南に和歌の浦があるという、現在の地形とほぼ同じであったことが知られる。

また『豊鑑』▲にも秀吉の和歌の浦遊覧のことがある。これによれば、大村由己が、玉津島で連歌の発句、▲漢詩一編、和歌二首を詠んでいる。発句は「神代より言の葉すずし玉津島」であり、玉津島姫のことを念頭に置いて、神々の時代から歌の言葉が涼しげに伝わっている玉津島よ、と賛美の心を込めている。和歌は、

吹上

風すさぶ松のひびきもうちそへて波ここもとに吹上の浦▲

和歌の浦

いにしへの人もながめの和歌の浦ひろふ貝こそあらまほしけれ▲

であった。これらの作はその場の情趣を踏まえたものと見られるが、いずれもこれまでに見てきた中世和歌が下敷きとなっている。秀吉の和歌の浦遊覧は単なる遊興ではなく、戦後の紀州統治も視野に入れた政治的パフォーマンスの色合いが強いものであろうが、そのデモンストレーションの地として和歌の浦が選択されたその理由の一つは、かつて聖武天皇らが行幸した地であったことにあると見

豊鑑　秀吉の家臣竹中重門の著。寛永八年（一六三一）成立。

発句　連歌の第一句目の句。最も一般的な連歌はこの句を始まりとして、百句を付け続ける百韻連歌の形式で行われた。発句は当季（その時の季節）と当座（その場に応じた情趣）を詠むべきとされた。

風すさぶ……　風が吹き荒れると松の響きも添えられて、波がこの辺りまで吹き上げられてくる、吹上の浦よ。「松のひびき」は松風のことで賀意を込める。

いにしへの……　昔の人も眺めた和歌の浦よ。拾う貝があってほしいことだ。「貝」に「甲斐」を掛けて、古人たちが眺めた和歌の浦で和歌を詠む甲斐があってほしいとの願いを込める。和歌の浦と「貝」が縁語。

られる。しかし、それに加えて、ここで詠まれた和歌や発句からもわかるように、和歌の浦・玉津島が和歌、さらに言えば文化の一つの象徴的な場所であったことにも求められるだろう。

2 近世の和歌の浦・玉津島

その後の和歌の浦・玉津島について述べておこう。関ヶ原の合戦の後に、紀州は浅野幸長の領となる。慶長五年（一六〇〇）に紀州に入府した幸長は領内の整備に着手し、慶長十年（一六〇五）には和歌浦天満宮と玉津島社の造営に着手し、ともに翌年に再建が成った。さらに後の元和五年（一六一九）には紀州和歌山藩は徳川家康の第十子の頼宣が藩主となった。頼宣は玉津島社へ社領十余石を寄進した。さらに元和六年には、没後の家康を祭る東照社（後に東照宮）を和歌の浦の地に建立することとして、さらに和歌の浦の整備を進めた。太平の世となり、徳川御三家である和歌山藩のお膝元となった和歌の浦には、多くの文人墨客が訪れるようになってゆく。

その時代にも玉津島社は和歌の神として崇《あが》められた。歴代の天皇・上皇が古今伝受の後に住吉大社と玉津島社に法楽歌を奉納するようになった。初期の例であ

浅野幸長　一五七六—一六一三年。長政の子。関ヶ原の合戦では東軍（家康側）で戦功を立て、紀伊国三十七万石を与えられた。

頼宣　一六〇二—七一年。家康の子。大坂の陣で功を立て紀州五十五万石を領した。

古今伝受　『古今和歌集』に関する歌学・秘伝の伝受。

る寛文四年（一六六四）に後西院が奉納した『後西上皇他御法楽五十首』の「浦霞」題で詠まれた後西院の歌を見てみよう。

おもふぞよ霞も晴れて玉津島光にあたる和歌のうら人▲

「和歌のうら人」は宮廷歌人を暗示し、それを浦霞が晴れて和歌の神をまつる玉津島の光が照らすと祝賀するものである。これもこれまでに詠まれてきた中世の和歌を踏襲したものと言えるだろう。

こうした流れのなかで、寛文年間（一六六一―七三）の初めには紀伊国内の歌枕を集成した『紀路歌枕抄』が丹羽秀方▲なる人物によって編まれた。丹羽秀方なる人物は不明ではあるが、おそらくは紀州在地の人であったと思われる。この書では和歌の浦のことが多くの紙面を占めている。それを見てみよう。

「和歌浦」の項では、一首目は赤人の『万葉集』歌、二首目からは勅撰和歌集に入集した歌を載せ、以下は私家集なども含めて二百首以上を収めている（図17）。玉津島についても同様の方針で多数の歌を載せている。これらの歌の一部は本書で取り上げたものであり、『万葉集』から中世にかけて詠まれていた歌の数々が収集され、近世にも享受されていたことが知られる。また、和歌の浦の概

おもふぞよ……　思うことだよ。立ちわたっていた霞も晴れて、玉津島の光にあたる和歌の浦の人々を。

丹羽秀方　未詳。あるいは跋文の筆者貪睡子と同一人物か。

説を述べるところでは、

府城［和歌山城］の南一里ばかりに浜辺在り。松林あり。これは当州の太守［和歌山藩藩主］、中古、植ゑしめ給ふところなり。古歌に詠ぜる和歌の松原にはあらず。和歌路、今は海辺よりその間有るといへども、昔は海辺にて有りしと云ふ。

とあり、丹羽秀方の時代の「和歌の松原」は藩主が植樹したものであり、古歌に詠まれたものとは別物であることや、和歌路は今は海から距離があるが、昔は海辺であったとの伝聞なども載せている。今見る風景が、かつてとは違ってしまっているとの意識は彼らのなかにもあったのである。

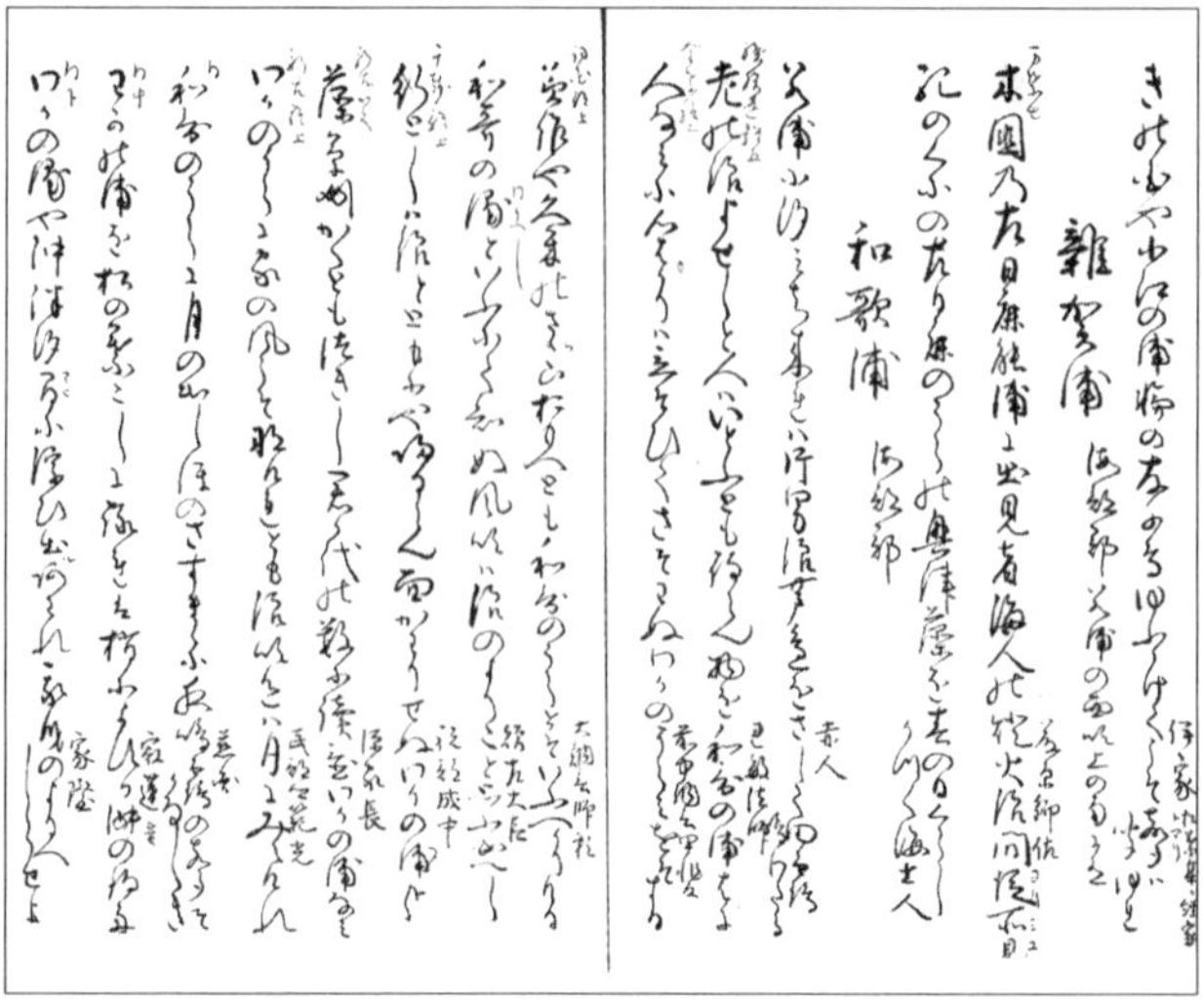

図17 『紀路歌枕抄』

元禄元年（一六八八）には芭蕉も和歌の浦を訪れた。芭蕉は『笈《おい》の小文《こぶみ》』▲の旅のなかで、吉野・初瀬などを経て西へ進み、高野山から和歌の浦に着き、

行春《ゆくはる》にわかの浦にて追付《おひつき》たり

『笈の小文』 俳諧紀行文。松尾芭蕉作。芭蕉没後の宝永六年（一七〇九）に門人乙州の編で刊行された。

の句を詠んだ。季節は東から来て西へ去って行くという観念に基づいて、西へと旅をしてきた自分が、この和歌の浦で去りゆく春にようやく今追いついた、というものである。簡潔な句ではあるが、和歌の浦が春には霞の立ちこめる名所として既に広く人々に知られており、それをあえて描かずとも読者に暮春の景観を想起させることが可能であったことが、この句の惜春の余情となっている。

元禄二年（一六八九）には貝原益軒▲が京都（山城）から河内・和泉・紀伊・大和を旅して『南遊紀行』▲を著した。近世の和歌山城下や、和歌の浦・玉津島について詳しく記し、和歌の浦については「この浦の佳景、聞きしにまさりて、目を驚かせり。我、この景色をむさぼり見て、海辺に躊躇し、去ることを忘れて時をうつせり」と感動を述べている。

元文四年（一七三九）には紀伊国名高浦専念寺の僧全長が『和歌浦物語』を著した。この書は刊行されず、さほど流布しなかったようであるが、各名所への順路や見どころ、諸説を引用しての考証など詳しい。また、先行の『紀路歌枕抄』の掲載歌を踏襲して、多くの歌も載せている。近世には中央の文人だけでなく、在地の知識人が、自分の土地である和歌の浦・玉津島についての書物を著すようになっていった。ただし、そうした書でも、平安・中世に大量に詠まれた、実地

貝原益軒　一六三〇―一七一四年。江戸前期の儒者。本草学者。

『南遊紀行』　元禄二年（一六八九）成立、正徳三年（一七一三）版行。

のことを踏まえていない題詠歌が意識されつづけていた。さらに、興味深いのは玉津島について述べるところで、

この所に大木の松七本あり。是は往昔〈三百年ほど以前〉、洛陽〈京都〉新玉津島の別当、常光院の堯孝法印、当社は玉津島の根元なればとて参詣せしに、折ふし当社頽廃の時にて、社の形も無かりし故、社の有りしと云ふ所を尋ねて、松七本を植ゑて一首、

七本の松を姿の神垣や君が千歳を猶や祈らん

と詠歌して帰りしとなん。今有る七本の松は、かの堯孝が植ゑし松なりと〈云々〉。

と前章で見た『和歌深秘抄』の堯孝の和歌についての伝承を記している。『和歌深秘抄』の堯孝の伝は、ほぼ同様のものが俳諧書『滑稽太平記』▲にも引用されており、それなりに知られていたものと見られる。ただし、『和歌浦物語』では、堯孝が参詣したところ、玉津島には社殿がなかったので、その跡とされる場所に七本の松を植えて歌を詠んだとしており、さらに、今ある松は堯孝が植えたものだとなっている。著者全長が取材したものだとすれば、在地ではこのような伝承

『滑稽太平記』 俳諧書。著者未詳。延宝七年（一六七九）以後の成立。

が形成されていたということなのだろう。

寛政六年（一七九四）には本居宣長▲が紀州藩主徳川治宝《はるとみ》の招きによって、松坂から和歌山へ赴いた。この旅は彼の著『紀見《きみ》のめぐみ』▲に見える。宣長も和歌の浦・玉津島を見物して歌を残している。和歌の浦では、

この月を小春▲といふことを思ひて、今日ののどけさを詠める
霞むとはなけれど和歌の浦々とけふは名におふ春日なりけり▲

冬なので霞は立ちこめているわけではないものの、小春日和らしいうららかな和歌の浦の景を詠んでいる。ここでわざわざ霞んではいないと詠むのは、「小春」と対にするためで、これまでに詠まれてきた歌の数々によって、春の和歌の浦の霞が代表的な景観として意識されていたことが前提にある。また、玉津島では、

曇りなき日の影の浪にうつろふが、玉をこきちらしたるやうに見ゆるを
空晴れて浦浪とほくひさかたの光玉散る玉津島山▲
来て見れば磯の岩根よかけそへん言の葉もなき和歌の浦波▲

本居宣長　一七三〇―一八〇一年。江戸中期の国学者。伊勢国（三重県）松坂の人。

『紀見のめぐみ』　宣長著。宣長没後の文化十二年（一八一五）に刊行された。書名は後人による。

小春　陰暦十月の異称。初冬の春に似た温暖な気候。

霞むとは……　霞んでいるわけではないけれども、和歌の浦の名のとおりに、うららかな小春日であるよ。

空晴れて……　空が晴れて、浦波は遠くまで光の玉が散ったかのように見える、玉津島山よ。

来て見れば……　やって来て見ると、磯の岩根にかかって添える和歌の浦の浦波に、付け加える言葉（和歌）も思い浮かばないことだよ。

図18　『紀伊国名所図会』「和歌の浦」

などを詠んでいる。一首目は「玉津島」と「光」、二首目では「言の葉」と「和歌の浦」を取り合わせたものである。この他の作も玉津島と「みがく」「芦」など、中世に数多く詠まれた取り合わせが踏襲されている。宣長がここで詠んだ歌は、言うまでもなく彼が現実に目にした和歌の浦・玉津島であるが、それを描くにあたっては、中世の題詠歌の趣向が反映されている。これを宣長の創意の欠如と見ることはいささか彼に失礼だろう。古歌を学んできた宣長にとっては、和歌の浦・玉津島の実景を見て歌を詠むにしても、古歌に積み重ねられてきた取り合わせや技法を踏まえることが自然な感覚だったのである。

最後に、冒頭に挙げた『紀伊国名所図会』を見てみよう（図18）。こちらも『紀路歌枕抄』『和歌浦物語』を踏襲して、和歌の浦・玉津島を詠んだ上代から中世の和歌を多数掲載している。また、本書各所で挙げてきたように、関連する挿絵も豊富に収めている。和歌の浦については、「和歌の浦　今西南出嶋浦あり、上古はここの洲なくて、一面の干潟なり」としており、やはりここでも過去に歌われた風景と当時の彼らが見る地形との相違について言及し、かつてそこが一面の干潟であったことを述べている。

江戸時代の人々も和歌の浦・玉津島の風景が古代とは大きく変わっていたことは十分に承知していた。そのうえで、かつて歌に詠まれた風景を心に思い描いていたのである。

おわりに

『万葉集』の山部赤人の歌から近世に至るまでの和歌の浦・玉津島を見てきた。近世あるいは近現代においても、和歌の浦・玉津島を訪れる人々の心のなかには、まずは山部赤人の「若の浦に……」の歌があるのかもしれない。しかし、その間には中古・中世の歌人たちによって数多の歌が詠みつづけられ、そのなかで「若の浦」は歌道の象徴「和歌の浦」となり、玉津島は和歌の神として崇拝されるようになっていった。そしてそのことが、さらに多くの和歌の浦・玉津島の歌を産み出すこととなった。これらの歌は実景からは離れた観念的なものが大半を占める。しかしそれゆえに、かつての風景が失われても、玉津島社が荒廃しても、文学作品、特に和歌の世界のなかでは現実を超えた景観が形成され、維持されることとなった。そうしたいわば共同幻想の風景は、多くの旅人が訪れ、在地の人々が自らの土地を語る時代となった近世にも継承され、また新たな近世さらには近現代の和歌の浦・玉津島の形成へと繋がっていったのである。

あとがき

本書は国文学研究資料館の歴史的典籍NW事業の一環である公募型共同研究「紀州地域に存する古典籍およびその関連資料・文化資源の基礎的研究」（研究代表者＝和歌山大学准教授大橋直義）の成果の一部である。共同研究ではたびたび和歌山にうかがう機会を頂戴し、和歌の浦と玉津島をこの目で拝むこともできた。

本企画開始の当時、著者は新潟に在住していた。六年半を過ごした新潟では、徒然《つれづれ》なるままに県内各所を旅した。新潟には名所がないと言われる。たしかに本書で扱った和歌の浦のような著名な歌枕はほぼ存在しない。しかしながら、日本海に沈む夕陽や、朝日が宿る雪の山々には、心に染みる閑寂な美があった。

本題に立ち帰ってみる。美しい風景は、実は身近なところにも探せばいくらでもある。ある場所が名所歌枕、さらには現代の歴史的観光名所となったのは、きっかけはその景観美であったのかもしれないが、最大の理由ではない。重要なのは、それが古代の人に表現されたか否か、そして継承されたか断絶したか、にある。現代では土地の景観やエピソードを伝える手段は遥かに豊富になった。写真も動画も、匿名の個人がインターネットを介して発信したものを、世界中の人が見ることができる。そうしたことが、この頃の日本観光ブームにも一役買っているそうである。

しかし、それ以前の時代において、最もその土地を知らしめたものは、やはり文学、特に和歌に代表される韻文学の存在であった。表現され、享受と再生産を繰り返しながら、その土地に対する幻想を長きにわたって育《はぐく》んできたことが名所が名所でありつづけた要因と言えるだろう。本書は和歌の浦とその周辺に限定したものであったが、現在の日本各地の観光名所の多くは、先人たちが積み上げた文学と文化の上に成ったものであると言ってよい。

現在、文学の存在意義が問われている。文学が、社会にとってどういう益があり、何の役割が果たせるのか。それを具体的に、時には数値化して説明することが必要とされている。算数も苦手な私には、経済効果といった算出基準もよくわからないものを今ここで示すことはとてもできないのだが、文学がこれまで何を育て、何を残してきてくれていたのか、そのほんの一端だけでも本書で示せていたならば幸甚である。

本書の執筆にあたっては国文学研究資料館の皆様に大変お世話になった。記して御礼申し上げたい。

二〇一八年九月十三日

山本啓介

引用文献

本書における引用文は、特に記さない限り和歌は『新編国歌大観』（角川書店）によった。その他の引用は以下のものによる（本文・頭注で示したものを除く）。引用に際しては、読みやすさを優先し、適宜漢字をあてたり踊り字を開くなど表記を改め、漢字にはルビを振り、句読点・鉤括弧を施した。漢文体のものは読み下し文に改めた。ただし、考証に重要な箇所は本文のままとしたところがある。

『紀伊国名所図会』…国文学研究資料館蔵三井文庫旧蔵史料『紀伊国名所図会』（同書は版本地誌大系にも所収）
『古事記』『日本書紀』『万葉集』『（覚一本系）平家物語』『太平記』『笈の小文』…新編日本古典文学全集
『続日本紀』『袋草紙』…新日本古典文学大系
『日本後紀』『日本三代実録』『日本紀略』『台記』『中右記』…増補史料大成
『いほぬし』『豊鏡』…群書類従
『宇治関白高野山御参詣記』…続々群書類従
『熊野御幸記』…三井記念美術館・明月記研究会編『国宝 熊野御幸記』（八木書店、二〇〇九年）
『頼資卿熊野詣記』『熊野詣日記』…神道大系（文学編 参詣記）
『古今著聞集』…新潮日本古典集成
『東野州聞書』…歌論歌学集成
『和歌深秘抄』『高野詣真名記』『高野参詣日記』『紀州御発向之事』…続群書類従
『増鏡』…河北騰『増鏡全注釈』（笠間書院、二〇一五年）
『厳助往年記』…改定史籍集覧
延慶本『平家物語』…延慶本注釈の会『延慶本平家物語全注釈』（汲古書院、二〇一六年）
『看聞日記』…続群書類従補（遺二）
『慕帰絵詞』…日本絵巻大成
『正徹物語』…小川剛生訳注『正徹物語 現代語訳付き』（角川学芸出版、二〇一一年）
『南遊紀行』…『益軒全集』七
『紀路歌枕抄』…鶴崎裕雄「資料紹介『紀路歌枕抄』に見る和歌浦」（『和歌山地方史研究』一八号、一九九〇年一月）
『和歌浦物語』…柏原卓編『和歌浦物語』（和泉書院、一九九六年）
『後西上皇他御法楽五十首』…鶴崎裕雄・佐貫新造・神道宗紀編『紀州玉津島神社奉納和歌集』（玉津島神社、一九九二年）

主要参考文献（発表年順）

福田秀一・井上宗雄編著『中世歌合集と研究』（未刊国文資料刊行会、一九六八年）
福田秀一『中世和歌史の研究』（角川書店、一九七二年）
日下雅義『平野の地形環境』（古今書院、一九七三年）
井上宗雄『中世歌壇史の研究——室町前期〔改訂新版〕』（風間書房、一九八四年）
井上宗雄『中世歌壇史の研究——南北朝期〔改訂新版〕』（明治書院、一九八七年）
稲田利徳「「新玉津島社歌合」をめぐって」（『岡山大学教育学部研究集録』七五号、一九八七年）
鶴崎裕雄「資料紹介『紀路歌枕抄』に見る和歌浦」（『和歌山地方史研究』一八号、一九九〇年）
和歌山市史編纂委員会編『和歌山市史　第一巻』（和歌山市史編纂委員会、一九九一年）
矢田俊文「明応七年紀州における地震津波と和田浦」（『和歌山地方史研究』二一号、一九九一年）
鶴崎裕雄「住吉大社奉納和歌と禁中古今伝受」（『すみのえ』二〇四号、一九九二年）
薗田香融監修『和歌の浦　歴史と文学』（和泉書院、一九九三年）
三輪正胤『歌学秘伝の研究』（風間書房、一九九四年）
柏原卓編『和歌浦物語』（和泉書院、一九九六年）
安田徳子『中世和歌研究』（和泉書院、一九九八年）
堀内和明「中世前期の高野参詣とその順路」（『日本歴史』六一九号、一九九九年一二月）
渡邉裕美子『最勝四天王院障子和歌全釈』（風間書房、二〇〇七年）
三井記念美術館・明月記研究会編『国宝　熊野御幸記』（八木書店、二〇〇九年）
酒井茂幸「二条為世の玉津島信仰をめぐって」（『国文学研究』一三四号、二〇〇一年）
和歌山大学紀州経済史文化史研究所編『和歌の浦　その原像を求めて』（清文堂出版、二〇一一年）
寺西貞弘『日本史の中の和歌浦』（塙書房、二〇一五年）
村瀬憲夫・三木雅博・金田圭弘『和歌の浦の誕生——古典文学と玉津島社』（清文堂出版、二〇一六年）

掲載図版一覧

図１・２・５・６・８・９・18 『紀伊国名所図会』 国文学研究資料館蔵、三井文庫旧蔵資料　MY-1366-2

図３-１ 『万葉集』巻六　国文学研究資料館蔵、応長元年奥書本　カ2-33-6

図３-２ 『万葉集』巻六　国文学研究資料館蔵、寛永二十年刊本　カ2-1-6

図４・16 「奈良時代の和歌の浦」『和歌山市史』第一巻（第二章第三節「地形の変化」）より。ただし見やすさのために一部改変

図７右 『公任集』 宮内庁書陵部蔵　国文学研究資料館マイクロ　20-14-7

図７中 『公任集』 肥前松平文庫蔵　国文学研究資料館マイクロ　358-139-1

図７左 『公任集』 相愛大学図書館蔵春曙文庫蔵　国文学研究資料館マイクロ　397-24-5

図10 「熊野御幸における定家の旅程（王子の名称と位置）」 三井記念美術館・明月記研究会編『国宝熊野御幸記』（八木書店、2009年）より

図11・12 『熊野御幸記』 肥前松平文庫蔵『熊野道之間愚記』 国文学研究資料館マイクロ　358-377-2

図13-１ 『最勝四天王院障子和歌』 宮内庁書陵部蔵、御所本　国文学研究資料館DIG-KSRM-2540-5

図13-２ 『最勝四天王院障子和歌』 国文学研究資料館蔵　高乗89-119

図14 「内裏名所百首」 国文学研究資料館蔵　ヨ1-91

図15 『慕帰絵詞』 西本願寺蔵

図17 『紀路歌枕抄』 内閣文庫蔵　国文学研究資料館マイクロ　19-85-2

山本啓介（やまもと　けいすけ）

1974年、神奈川県生まれ。青山学院大学大学院文学研究科博士後期課程修了。博士（文学）。現在、青山学院大学文学部准教授。専攻、中世和歌・連歌。著作に、『文芸会席作法書集』（共編、風間書房、2008年）、『詠歌としての和歌　和歌会作法・字余り歌――付〈翻刻〉和歌会作法書』（新典社、2009年）、『和歌文学大系 為家卿集／瓊玉和歌集／伏見院御集』（共著、明治書院、2014年）、「足利将軍と随従型紀行文について――義教の富士下向を中心に」（『日本文学研究ジャーナル』創刊号、2017年）などがある。

ブックレット〈書物をひらく〉17
歌枕の聖地――和歌の浦と玉津島

2018年11月15日　初版第1刷発行

著者　山本啓介
発行者　下中美都
発行所　株式会社平凡社
〒101-0051　東京都千代田区神田神保町3-29
電話　03-3230-6580（編集）
03-3230-6573（営業）
振替　00180-0-29639
装丁　中山銀士
DTP　中山デザイン事務所（金子暁仁）
印刷　株式会社東京印書館
製本　大口製本印刷株式会社

ISBN978-4-582-36457-6
NDC分類番号911.102　A5判（21.0cm）　総ページ124

平凡社ホームページ　http://www.heibonsha.co.jp/

ブックレット
〈書物をひらく〉

1 死を想え『九相詩』と『一休骸骨』　今西祐一郎
2 漢字・カタカナ・ひらがな　表記の思想　入口敦志
3 漱石の読みかた『明暗』と漢籍　野網摩利子
4 和歌のアルバム　藤原俊成 詠む・編む・変える　小山順子
5 異界へいざなう女　絵巻・奈良絵本をひもとく　恋田知子
6 江戸の博物学　島津重豪と南西諸島の本草学　高津 孝
7 和算への誘い　数学を楽しんだ江戸時代　上野健爾
8 園芸の達人 本草学者・岩崎灌園　平野 恵
9 南方熊楠と説話学　杉山和也
10 聖なる珠の物語　空海・聖地・如意宝珠　藤巻和宏
11 天皇陵と近代　地域の中の大友皇子伝説　宮間純一
12 熊野と神楽　聖地の根源的力を求めて　鈴木正崇
13 神代文字の思想　ホツマ文献を読み解く　吉田 唯
14 海を渡った日本書籍　ヨーロッパへ、そして幕末・明治のロンドンで　ピーター・コーニツキー
15 伊勢物語 流転と変転　鉄心斎文庫本が語るもの　山本登朗
16 百人一首に絵はあったか　定家が目指した秀歌撰　寺島恒世
17 歌枕の聖地　和歌の浦と玉津島　山本啓介